la abuela

la abuela

CHRIS PUEYO

DESTINO

Obra editada en colaboración con Editorial Planeta – España

© 2019, Chris Pueyo

© 2019, Editorial Planeta S.A. – Barcelona, España

Derechos reservados

© 2019, Editorial Planeta Mexicana, S.A. de C.V.
Bajo el sello editorial DESTINO INFANTIL & JUVENIL M.R.
Avenida Presidente Masarik núm. 111, Piso 2
Colonia Polanco V Sección, Miguel Hidalgo
C.P. 11560, Ciudad de México
www.planetadelibros.com.mx

Diseño de portada: Diseño & Arte Planeta
Ilustración de portada: Idoia Montero

Primera edición impresa en España: noviembre de 2019
ISBN: 978-84-08-21720-6

Primera edición impresa en México: noviembre de 2019
ISBN: 978-607-07-6313-7

Impreso en los talleres de Litográfica Ingramex, S.A. de C.V.
Centeno núm. 162-1, colonia Granjas Esmeralda, Ciudad de México
Impreso en México – *Printed in Mexico*

A mi abuela
por ser mi madre
y a todas las abuelas
madres de sus nietos

1
La abuela que me parió

Si tienes la oportunidad de sentarte frente
a tu abuela, hazlo, porque tiene las mejores
historias y es importante preguntar de dónde venimos

Mi familia es una mierda.

Excepto la abuela.

Mi prima también se salva. Así que para ser exactos diré que mi familia es casi una mierda. Y así nada será mentira, aunque la verdad no vaya a gustarle a todo el mundo.

De hecho, mi madre es mi abuela.

No porque me haya parido, es casi biológicamente imposible que te para tu abuela, pero es mi madre. Porque «madre» es algo más que un parto, y si en eso no estamos de acuerdo, este libro no es para ti.

Madre son las cinco letras de «hogar», un plato caliente en enero, unos pantalones nuevos cuando el asfalto deshace tus rodillas, un beso en la frente para saber la verdad; madre es el algodón que abraza la lenteja en el vaso que hay junto a la ventana.

Pero madre también es un castigo a tiempo. Y quien desatornilla los ruedines, quien coloca las manos sobre tu espalda para que llegues a cualquier parte, o sobre tus ojos cuando un suicida cruje contra el suelo. Una madre te salva del mundo al mismo tiempo que te lo presenta; lava tu pelo, se ríe de tus miedos y decide envejecer mientras tú estás creciendo.

En definitiva, una madre te cuenta el mundo con la mirada, y la abuela siempre tuvo unos ojos tristes con los que me gustaba jugar. Quizá por eso nunca le he tenido miedo a la tristeza. De hecho, adoro la belleza de las cosas tristes pero me declaro terriblemente en contra de aquello que debería ser feliz y no lo es. Eso es algo más que tristeza, eso es un atentado: como un oso en los huesos, un niño sin seis de enero o una familia de mierda.

El martes pasado mencionó lo de su testamento.

Adoro los martes porque es el día que vuelvo a casa.

Hace poco más de un año me independicé y desde entonces ya no vivo con mi abuela.

Suelo llegar a las dos y me marcho a las nueve.

Ponemos la mesa de la cocina, un mantel rojo a cuadros, unas servilletas de papel y vasos de colores que poco tienen que ver unos con otros. Salmón con nata. Suena asqueroso pero es una de sus especialidades. Si todo va bien te daré la receta. Del interior de un radiocasete negro que hay sobre la encimera, justo al lado del microondas, surge la voz de Andrés Suárez como alegato a la melomanía de mi abuela.

Adoro los martes, pero aquel no me gustó porque aprovechó su plato estrella para soltar una bomba entre sorbo y bocado.

Pronunció lo prohibido. Una palabra vallada en todas sus direcciones. Con la velocidad justa y la seguridad exacta para que entendiese lo que estaba diciendo, aunque no terminara de creérmelo: testamento.

Aquello fue la chispa que encendió este libro.

Tuve un profesor en la universidad que me enseñó que la literatura nace de un chispazo. La inspiración es un rayo que se enciende a la vez que se despide. Un halo de electricidad. Un chasquido. La inspiración no es más que esos pequeños brotes de luz que preceden al incendio. ¿Cómo se atrapan? Comprendiendo su fugacidad. Un chispazo puede venirte en el supermercado entre la leche y los cereales, a punto de dormirte o en el autobús. En definitiva, un libro puede nacer en cualquier parte y los chispazos son su porqué.

No siempre llegan al principio, a veces surgen en mitad del camino para recordarte cómo seguir. O incluso al final, para susurrarte el mejor modo de cerrar la historia. Hay que tener los ojos abiertos y el corazón alerta para atrapar una chispa. Y cuando mi abuela dijo lo del testamento sentí cómo la luz vino y se fue durante un segundo. El miedo a perderla. Por un momento la idea de su muerte revalorizó su vida y calculé mentalmente el tiempo que me quedaba a su lado. Era mucho menos de lo que me imaginaba.

Los martes vuelvo a casa. Y por lo general solo lo hago ese día. De dos a nueve. Así que paso siete horas a la semana con mi abuela. Es bastante poco. Paso más tiempo con mi gato. Lo cierto es que veo más series que a mi abuela. Es incluso posible que pase más tiempo con gente desconocida que con mi abuela. La esperanza de vida media para las mujeres nacidas en los cuarenta es de unos ochenta y cinco años. Y si un año tiene 48 semanas, me quedan 624 semanas a su lado. Lo que es verdad, pero es mentira, porque suelo estar con ella solo siete horas a la semana, así que en realidad solo me quedan 4.368 horas a su lado. Y esto es la fría realidad de 182 días a su lado. Medio año juntos.

Redactó su testamento el año pasado. Lo recuerda bien porque fue en Nochebuena, mi cumpleaños. Y ahora que lo pienso, desde que nací ha estado en todos, así que no terminó de gustarme la idea de que la abuela, es decir, mamá, estaba cansada. O sea que no conozco la vida sin ella. Y parece que cuando alguien redacta su testamento está diciendo: «Se acabó».

¿Cómo puede acabarse alguien que llegó antes que el tiempo?

No estoy preparado para la muerte de mi abuela.

No sé despedirme.

No se me dan bien las despedidas.

Son grises.

Y os aseguro que esto no es una metáfora.

Es que cuando alguien se marcha, ya sea un amigo, un amor o una madre, no sé si darle un beso, la mano, una hostia, llorar, o no cerrar los ojos por si cuando los abro no vuelvo a verlo nunca más. Además, nunca me he despedido *parasiempre* de alguien. Por motivos que descubrirás en esta historia, mi padre quiso morir y mi madre original no supo hacerlo mejor. Lo que me deja más en evidencia porque, si nunca he dicho adiós, ¿cómo aprendo a decir *hastanunca*? O *hastasiempre*. O hasta... y una de esas palabras que son la antesala de una despedida.

Sé que mi abuela está cansada porque nacer es aguantar la respiración para no ahogarse de vida. Y la vida es un camino crudo, aunque en ocasiones también delicioso, donde te derramas, gozas, sangras, te rompes y mueres un poco antes de volver a vivir.

Hasta que te cansas y llegas a la guillotina.

Y la guillotina corta el hilo.

Con la frialdad de las hilanderas.

Las grayas. Laima y sus hermanas.

Estamos destinados a las despedidas en nuestra vida.

A que mutilen nuestra raíz y el árbol se transforme.

Mi despedida vital será la de mi abuela.

Me crio. Me educó. Y me soltó.

Ninguna de las tres fue tarea fácil.

Y no quiero despedirme de ella.

No tiene ni idea de que no pienso despedirme de ella.

Ni de la Biblioteca X.

Las cosas grandes se hacen juntando muchas pequeñas y para escribir un libro necesito al menos cuatro chispazos.

Sería increíble tener cinco, pero con cuatro me va bien.

He estado pensando mil maneras de volver a mi abuela inmortal porque medio año juntos, sinceramente, es poco.

Tirito de pensarlo.

Ni rastro de la piedra filosofal.

Nada de elixires de la vida eterna.

Disney ni siquiera está congelado, es un bulo.

Hasta que un día llegó Dani, mi mejor amigo, y me descubrió un lugar donde los libros no mueren: la Biblioteca X.

Llegó en el mejor momento y eso provoca que lo quiera.

Obviamente no se llama Biblioteca X, pero lo bueno de escribir un libro es llamar a las cosas como te dé la gana. El depósito legal tiene como objetivo la recopilación del patrimonio cultural e intelectual de cada país, es decir, el derecho del acceso a la cultura. Por lo que no puedo hacer que mi abuela viva para siempre pero puedo escribir un libro que no muera nunca.

Así empieza este libro.

Yo lo defino como un viaje de adultos para jóvenes.

O, mejor dicho, un viaje para adultos y jóvenes a quienes no les importe envejecer leyendo.

Probablemente ahora no entiendas nada.

Pero tienes entre las manos el billete de un tren que ni avanza ni retrocede, se adentra en un viaje a *contrapecho* hacia un mundo donde el suelo está recién fregado, los hombres calzan zapatos con betún y las mujeres son viudas, monjas o putas.

Una infancia muda, adulterio, piernas de alambre, aborto, esposas, laca, manos de cristal, jeringuillas, golpes, cárcel, lucha y silencio.

Es la vida de mi abuela y mi abuela vive en este libro.

No te agobies, querido lector.

Es pequeño y voy contigo.

¿Lo tienes? Pues ya está.

Vamos con la abuela.

Tienes que conocerla.

la inocencia

Entre los años 40 y 50

*Explota la Segunda Guerra Mundial, la familia Frank es descubierta
por la Gestapo y
crean el estado de Israel.
Nacen John Lennon, Bob Marley y Rocío Jurado.
Mueren Virginia Woolf, Hitler y El Principito.
Inventan el microondas, estrenan Pinocho y nace mi abuela.*

2
Manos de Fuego

Solo dejamos de ser jóvenes
por decisión propia

—¿Cómo podemos empezar la historia?

—No sé hijo, es que te empeñas en unas cosas...

—Érase una vez una niña...

—Érase una vez una señora —me corrigió.

—Bueno. Pero antes de ser señora, serías niña.

—A los nueve años yo ya era una señora —dijo mi abuela con una sonrisa de media luna.

—¿Y eso?

—Porque dejé de llorar.

El nombre de mi abuela termina en «n» y empieza por «Carme». Del latín «música» o «poema», en hebreo «el jardín de Dios». Carmen es una abuela joven de setenta y dos años, nariz redonda y pestañas azules delante de una mirada firme, manos fuertes y huesos de almidón. Zaragozana de nacimiento pero francesa de corazón. Melómana por derecho y mujer cómoda en su cuerpo de hija, madre y abuela.

Empezó a contarme su historia un martes cualquiera en los que vuelvo a casa y merendamos café y pipas viendo *Sálvame*. Aquella tarde descubrí que nuestra infancia se parece en dos cosas: la primera es que nacimos en un sitio y nos criamos en otro. Los lugares, los números y las calles son importantes en cualquier historia, y no iba a ser menos en esta. La segunda es que nunca supe que mi abuela se había hecho mayor tan pronto, lo mismo que me pasó a mí. Habla de su niñez dando saltos en la memoria entre sorbos de café y cáscaras de pipa. Café que había en una taza que regalaban en el súper por una compra superior a 30 euros. No come pastas, me habría encantado contaros la historia de una vieja entrañable rodeada de gatitos que merienda té con pastas, pero no es así. Es más de galletas de canela, esas que tanto les gustan a las personas mayores. De vez en cuando muerde una con el meñique en alto indicándome lo que yo interpreto como un: «Espera un segundito, que ahora sigo».

De vez en cuando se peina la coronilla y vuelve a recostarse sobre un sofá marrón desde el que nos miramos sin miedo porque no la juzgo. Es importante no juzgar a la gente que te cuenta su historia porque es la única manera de construir un puente.

Yo no dejé de llorar a los nueve años, pero escribir este libro me ha ayudado a entenderme, como una cinta de medir que, entre ambas vidas, me dice todo lo que nos parecemos a pesar de ser de generaciones diferentes. En lo que no nos parecemos es en lo de llorar. De media lloro una vez al mes, depende un poco también del frío. Lo que está claro es que crecimos mucho antes de lo que nos tocaba. De vez en cuando, mientras merendamos y me cuenta su historia, dejamos de escuchar la televisión, el volumen es el mismo, solo que nos importa más nuestro cuento que el *chuminero* de Lydia Lozano. Intenta unir los retales de su memoria como Cenicienta después de las doce, desnuda y juntando jirones de un vestido.

Me parece tierno ver cómo una mujer de hierro se despoja lentamente de las gruesas capas que han ido colmando su piel, con las que acabó protegiéndose a lo largo de su vida, supongo. El primer paso para abrirse es desarmarse. La historia nace de su boca como música al cantar o como un chicle que mientras ella sujeta entre los dientes yo estiro...

Tengo pocos recuerdos de mi niñez, Chris, y los que están nítidos en mi pupila no son precisamente los mejores. No, decididamente no lo son. Supongo que es porque uno a veces tiene que hacerse un blindaje a sí mismo para sobrevivir a muchas cosas.

Nací el 17 de mayo del 46 en Huesca, donde mi padre estaba destinado como funcionario. A los tres meses volvimos a Madrid. Mi padre perdió su trabajo, sus ideas contrarias al régimen de Franco fueron la causa; muchos años más tarde se le reconocieron sus derechos, tan tarde que él ya estaba muerto.

Mi tía paterna nos acogió en su casa al volver a Madrid, vivíamos en la calle García Paredes, 78. Mi madre y mi tía nunca simpatizaron y esa convivencia forzosa terminó por deteriorar su relación del todo. Cuando salimos de su casa, nunca más tuvieron contacto.

De esa etapa apenas tengo imágenes porque era muy pequeña, pero es de las primeras cosas que recuerdo.

De siempre he sido una niña seria, demasiado seria, diría yo. Reír no es fácil, hablar de sentimientos, menos. Faltan escuelas de risa, deberían incorporarse clases de risoterapia en los colegios como asignatura obligatoria. Aprender a relativizar, a reírnos de nosotros mismos y a verbalizar las emociones es vital, algo de lo que no puedo presumir.

Volviendo a los no-recuerdos, de mis vivencias en la calle García Paredes hay un suceso que aunque yo era muy pequeña nunca he olvidado. Madrugada, yo en brazos de mi padre, en una de esas azoteas repletas de sábanas, un gran incendio en el edificio de enfrente. Ardía. Era un estudio de cine donde el material era altamente inflamable. Fue impresionante. Aún lo recuerdo con cierto sobresalto. Las llamas subían y no he olvidado su cercanía.

No he olvidado cómo mi padre me protegía con sus brazos después de cubrirme con una manta. Años más tarde, mi padre volvería a tener un coqueteo con el fuego.

De esta etapa tengo más recuerdos. También era un poco mayor y comencé a estudiar en el colegio de las escolapias, en Carabanchel Alto. Al principio me costó adaptarme, todas las tardes al salir, sentada en las rodillas de mi padre, lloraba desconsoladamente. Él no paraba de preguntarme por la causa de mi llanto. Durante días no supe qué decirle, hasta que por fin una tarde le confesé que mi pena y la causa de mis lágrimas eran que me trataban de usted.

Naturalmente, él escuchó esta confesión entre risas al mismo tiempo que me consolaba. No recuerdo qué argumentos me dio, pero debieron de ser muy convincentes porque nunca más volví a llorar.

Me recuerdo como alguien triste, con un aire melancólico, pero creo que esa nueva etapa de mi infancia fue mejor, aunque no me atrevo a decir feliz. Tuve una buena amiga, se llamaba Charo y me fascinaba que cumpliese años en Nochevieja, cada 31 de diciembre. Años más tarde, yo tuve una hija que nació ese mismo día. La fuerza mental siempre funciona. Su madre se llamaba Carmen, como yo, y me adoraba. Curiosamente, las madres de mis amigas siempre me han querido y me ponían de ejemplo. Hasta que una tarde le corté el pelo a Charo a dentelladas y parecía que hubiera salido de un campo de concentración. Me costó un buen castigo y con razón.

Hay dos imágenes de mi padre que no puedo olvidar porque aún me impactan: la primera, una huelga que hubo en los años cincuenta. Continuamente se hablaba por la radio de los piquetes, de las detenciones y de los golpes. Me pasé la mañana con la oreja pegada al transistor. Cuando ese día vi llegar a mi padre a comer pude respirar tranquila, y en ese momento, mi amor hacia él adquirió una dimensión enorme. La segunda, cuando mi padre volvió a coquetear con el fuego, como te dije, que es rigurosamente cierto. Antiguamente no había calefacción en la mayoría de las casas, solo unos pocos privilegiados la tenían. Lo normal era el brasero debajo de una mesa camilla, redonda, con faldas. Algo pasó que se prendió fuego... Rápidamente, mi padre abrió el balcón, avisó a unos obreros que estaban haciendo unas zanjas en la calle y lanzó la mesa en llamas. Las manos de mi padre cuando vino a comer estaban vendadas.

Entonces me pareció un héroe.

3
Los zapatos bien limpios

Si deciden por ti
te equivocas dos veces

Ninguno de los nombres de nuestra historia está elegido al azar, querido lector. He decidido bautizar a mi bisabuelo como Manos de Fuego por los primeros recuerdos que tiene mi abuela de su padre. A pesar de los sesenta años que hace de aquellos coqueteos con el fuego, no han muerto, es como si siguieran ahí, encaramados en algún lugar de su memoria, sin intención de caer en el olvido. Además, me parece memorable la manera en la que Manos de Fuego protegió a su hija de las llamas. Tanto fue así que, cuando murió, sus manos eran negras.

Sigamos.

La empresa cerró definitivamente y, de nuevo, Manos de Fuego se quedó sin trabajo. La abuela, que todavía no era la abuela y por eso pensaré un nombre para ella en este trocito de su historia, no era más que una chica de piernas largas y pelo corto que comenzaba a estudiar secretariado frente al antiguo ayuntamiento de Madrid, en la plaza de la

Villa. Se enamoró a cada paso del Madrid de los Austrias y descubrió la independencia, el pintalabios rojo y el tranvía.

Mi abuela no era una chica guapa,
ni graciosa, ni muy alta, pero es la persona
más fuerte que he conocido nunca.

Menos mal que descubrió el tranvía, pues su vida será un ir y venir de un lugar a otro. A día de hoy mi abuela sigue así, viene y va de aquí para allá, solo que ya no coge el tranvía y sus piernas no son de alambre, sino una mezcla de varices, cansancio y hierro. Hasta tal punto le gustan los cambios que, a los dos años de vivir en una casa, comienza a sentirse incómoda. Hay un proverbio hindú que me repite cada vez que le pregunto por qué no para quieta: «Cuando dejas de construir la casa, se acaba la vida».

En todos los años que he vivido con mi abuela nunca hemos estado más de dos años en una misma casa. Las mudanzas son una mierda, como mi familia. Ella dice que es importantísimo no apegarse a las cosas materiales y que no tengo ni idea. «¿Es que tú no sabes la libertad y la independencia que genera esto?» Me lo repite siempre. Y puede que tenga razón, pero es que a mí, además de libertad e independencia, las mudanzas siempre me han generado angustia. Y estrés. Y un poco sentir que no soy de ninguna parte. (De hecho, si me quedo calvo antes de tiempo, va a ser, en gran parte, por el tema de las mudanzas.)

Un día acabé tan harto que decidí que todas mis habitaciones serían la misma, así que empecé a pintarlas, llené las paredes de todos mis cuartos con estrellas. Aquello me reconfortaba un poco. A mí me gusta pensar que algún día tendré un hogar, que no una casa (son diferentes), con una biblioteca casi grande con las paredes llenas de estrellas.

Y romperé la cadena.

Y enseñaré al hijo que probablemente no tenga a cuidar de su hogar de una manera importante, sin miedo al cambio.

Aunque haya cierta verdad en que los vaivenes hacen que no te aferres a nada, te liberan de cargas y hacen que te adaptes a los cambios, por otro lado generan inseguridad y falta de arraigo. Pierdes la confianza de poder volver a un hogar si algo sale mal. Y yo creo que todos necesitamos sentir esa seguridad a veces. Ane Santiago tiene un poema brillante para quienes no descansan:

Lo difícil no es olvidar caminos
sino que el de siempre
deje de llevarte a casa.

Aun así, me gusta que la abuela me hable de este modo de las mudanzas. Es una cosa que hace mucho, encontrar agua en el desierto. Clava una daga en un cactus, aparece el agua y hace de las desgracias una oportunidad para lo bueno. Jamás olvidaré cómo hace un par de meses estuve una hora llorándole por teléfono a causa de la meningitis. Cuando vivía con ella y enfermaba no tenía que preocuparme de nada. Su respuesta fue algo así: «Deja de llorar ya que las desgracias nunca vienen solas. Mañana estarás peor».

Cuando estoy malo me vuelvo especialmente dramático. Siento que seré un viejo horrible. No tardé en llamarla lloriqueando otra vez, y ¿sabes lo que me dijo? «Pues muérete o no te mueras, pero deja de llorar.»

No sin antes recordarme que la eutanasia en Holanda es legal. Mano de santo. Tardé varios días en recuperarme, pero dejé de molestarla y de pensar lo injusta que era la vida. Ya ves.

Nuevo traslado de mis padres a la calle Sainz de Baranda, una habitación compartida para los dos.

—¿Y tú? —pregunté extrañado.
—Como un paquete, de puerta a puerta.

Regresé a casa de mi tía paterna. Supongo que esta decisión la tomaron mis padres pensando en lo mejor para mí. No dudo de su buena voluntad, pero me habría gustado que contaran conmigo y no lo hicieron. Fue un hecho consumado. Así que volví al lugar de mi niñez, me sentí triste, con mucha desolación, y me refugié en los libros. Cada noche cuando volvía de estudiar, buceaba en los autores clásicos rusos, franceses e ingleses leyendo hasta altas horas de la madrugada. Me enamoré de la biblioteca de mi tía. Devoraba los libros al tiempo que la noche me devoraba a mí. Fue mi refugio. A través de Victor Hugo y Balzac aprendí a amar Francia, sentimiento que fue *in crescendo* con los años. La fuerza mental volverá a funcionar. Y ya te he dicho que la fuerza mental hace posibles las cosas.

Nueva reagrupación familiar.

Mis padres alquilaron un piso en la avenida Donostiarra y allí volví con ellos. En aquella casa sucedieron las cosas más importantes, las que marcarían mi futuro para siempre...

—Y tu madre ¿qué?

—Prefiero hablar de mi padre, Chris.

—¿Por? —insistí.

—A ver, hijo. He pasado de puntillas por la relación con mi madre porque fue una convivencia cogida con alfileres.

—¿Y eso? —seguí estirando el chicle.

—Me presionó en muchas de mis decisiones y eso tuvo un peso negativo en mi corazón.

—Ya. Pero cuéntame cosas. Los libros son para contar cosas.

—Qué pesadito estás con el libro —dijo la abuela sin tomárselo muy en serio.

—¿Cómo era?

—De mirada puntiaguda y labios finos.

—Y ¿qué más?

—Dictatorial, bajita y con un sentido del humor hiriente.

—¿Y machista?

—En aquel momento no era tan evidente, pero yo diría que sí.

—Y ¿qué más?

—¡CHRIS, NO SÉ QUÉ MÁS! —exclamó nerviosa.

—Vale, no te enfades, me refería físicamente —reí.

—Tenía el pelo oscuro y siempre llevaba vestidos vaporosos por debajo de las rodillas. Era astuta. Pero vivía por encima de nuestras posibilidades. Cosía vestidos y fregaba el suelo de rodillas. A los hombres siempre les decía: «No freguéis el suelo, que os saldrá joroba». Ya sabes. Dedicada a las labores en malos tiempos para las mujeres.

—Pero... ¿te hizo daño? —Enredé el chicle entre mis dedos.

—Pues llegó a hacérmelo. El mayor daño que puede hacerte una madre es no estar.

Hubo un breve silencio entre nosotros al descubrir, una vez más, lo mucho que nos parecemos.

—¡Como un fantasma!

—Eso es.

—La Mujer Fantasma...

—Como un fantasma que mueve los muebles de sitio, siempre en medio.

—A partir de ahora tu madre será la Mujer Fantasma.

—O el Frío Fantasma de una Madre... —propuso secuestrada por su imaginación.

—O la Mujer Fantasma y ya —rebatí, liberándola del secuestro.

—Bueno, vale.

—Guay.

—¿Puedo seguir hablando de mi padre ya?

—¿Manos de Fuego?

—Sí, Manos de Fuego —asintió entornando los ojos.

—Me encantaría.

Al nacer yo, mi padre esperaba ansioso saber mi sexo. Me contaron que lloró cuando el ginecólogo que atendió el parto le chivó lo que se escondía detrás de la puerta, una niña. ¿No es bonito? Un gran señor. Era vulnerable. Introvertido. Cuando me miraba había una conexión que nos fundía durante unos segundos. Pocas personas lo conocían porque era una unión especial que no tenía con todo el mundo, solo con unos pocos que lo queríamos.

Debido a un infarto severo, tuvo que dejar el mundo laboral.

Creo que verse de nuevo sin poder trabajar y saber que era definitivo fue un duro golpe.

Provenía de una familia de clase media, le faltó un año para terminar los estudios de ingeniero de caminos. Conoció a mi madre en un baile al que solían acudir costureras y, según me contó, ella lo atrapó.

Nunca mejor dicho. No he visto dos personas más diferentes en mi vida. Mi padre dejó los estudios y no tardaron en casarse, para disgusto de mi abuela paterna. Se llamaba Ramona, y la verdad es que el nombre no pegaba nada con su imagen, alta y estirada. Quizá por eso era tan alta, estaba siempre estirada.

Ya te he dicho que mi madre y mi abuela Ramona nunca congeniaron.

Mi padre fue teniente del ejército de la Segunda República y lo condenaron a tres años de prisión por sus ideas contrarias al régimen.

Pero ya, volvamos a donde me quedé.

No soy muy buena hilvanando historias, así que doy pequeños saltos como cuando jugaba a la comba. Nunca tuve una bici, pero mis patines fueron mis alas. Patinaba calle abajo, calle arriba. Esperaba a mi padre y cuando lo veía, patinaba aún más deprisa, hacia él, y me dejaba caer en sus brazos, que tenía abiertos, preparados para frenarme y abrazarme a la vez. Jamás levantaba la voz. Lo más fuerte que escuché de él fue un «vete a hacer puñetas». Su cara enrojeció al decirlo. Porque de él nunca salía un grito ni una palabra malsonante.

Manos de Fuego y la Mujer Fantasma.

Mi madre era diferente. Se alteraba más y se hacía oír aunque mi padre no la secundara. Es curioso el respeto que él me inculcó hacia ella. No permitía que empezáramos a comer hasta que ella no se sentara a la mesa. De vez en cuando, mi padre se acomodaba en una silla de la cocina, cogía todos sus zapatos y los de mi madre y los limpiaba a conciencia. Si yo estaba en casa también me pedía los míos. Le daba mucha importancia a que siempre lleváramos los zapatos bien limpios y el pelo reluciente. Decía que esa era la tarjeta de presentación de una persona, y al final consiguió que siguiéramos sus pasos.

Esto te lo contaré mejor más adelante, pero...

Años más tarde, a finales del 75, regresé de Bélgica para tener a mi primer hijo tras un embarazo inesperado.

Cuando llegué, mi padre salió a recibirme. Nos encontramos en mitad del pasillo, me cogió de los brazos a la altura de los codos y, con los ojos llenos de lágrimas, me miró y dijo: «Hija mía, qué tonta has sido». Después me rodeó entre sus brazos con fuerza, para no dejarme ver su emoción.

Años después de ese momento emprendió su largo viaje.

Le diagnosticaron siete anginas de pecho. Por aquel entonces yo vivía en Canarias, cuando me llamó mi madre a los pocos días de enterrarlo, me resultó imposible decir nada. Decidieron contármelo más tarde, así que no tuve la opción de despedirme de él.

Una vez más, el resto decidió por mí.

—¿Cuándo lo viste por última vez? —pregunté con voz de seda.

—La última vez que vi a mi padre fue bajando las escaleras del metro de San Bernardo. Estábamos enfadados. Era invierno y Madrid rebosaba de nieve. Llevaba un abrigo azul marino y cojeaba debido a su enfermedad, aunque seguía manteniendo su porte. Llevaba el pelo reluciente y los zapatos... los zapatos bien limpios.

4
A lomos de un caballo azul

Vete antes de convertirte en un *demasiado tarde*.

Uno termina siendo un *demasiado tarde* si dedica su vida a lo peor que puede hacer: esperar.

No esperes, no te demores, no pidas algo más de dos veces, de lo contrario estarás esperando y serás un *demasiado tarde* casi sin darte cuenta. Por eso es importante lo de aprender a despedirse.

Yo aprendí a despedirme cuando me fui de casa de la abuela. Apagas la luz, giras el pomo y dibujas un «gracias» con el dedo antes de cerrar la puerta. Tan importantes son los principios como los finales, y dependiendo de la forma en la que terminas una historia te conviertes en dueño o esclavo de ella.

Viví con mi abuela hasta los veinte años pero no he vivido veinte años con mi abuela. Los álbumes de fotos y mi DNI están de acuerdo: nací en Sevilla. Los primeros dos años de mi vida me crie allí con mi madre, Aica, y mi padre, el Hombre que Quiso Morir. Ya te dije que las cosas de mis padres te las contaré más adelante, pero en resumen, cuando el Hombre que Quiso Morir lo consiguió, Aica y yo volvimos a casa de la abuela en Madrid.

Vivíamos en pleno centro, en una de esas casas viejas donde un pasillo interminable une dos puertas a modo de descansillo. En la primera estábamos Aica y yo, en la segunda, la abuela y mi tío pequeño, el Petirrojo. Así fue como la abuela convirtió su casa grande en dos pequeñas cuando la partió por la mitad. Física pura.

Por esa época, Aica debió aprender a la fuerza lo que era la vida porque la recuerdo poco, ya que empezó a trabajar. Entonces yo tenía seis años y un maletín de rotuladores. Dibujaba dragones en clase de matemáticas, veía a Goku y me negué a ir a catequesis porque los domingos echaban *Embrujadas*. Todo un hereje.

Me despertaba, desayunaba y me vestía solo.

Lo bueno de levantarse solo para ir al colegio es que puedes elegir tu ropa: una sudadera gorda y un chándal para correr en el patio. Me encantaba correr y debería hacerlo más porque es lo único que me aleja de crecer. Antes de cruzar el ascensor que había en el descansillo, tocaba la puerta de mi abuela, despeinado y con más legañas que pestañas. Ella me recordaba lo poco abrigado que iba y a veces conseguía que me cambiara de ropa, aunque en muy pocas ocasiones, en realidad. Me subía la cremallera del abrigo hasta arriba con cuidado de no pillarme el cuello, ahorcaba el frío con bufandas, me tendía un Actimel de naranja que escondía tras su espalda y... los zapatos bien limpios. Después inventábamos un camino jugando a palabras encadenadas hasta la puerta del colegio.

Mi yo pequeño diría que no era un camino corto. Era largo, divertido y llegaba hasta un colegio bastante bonito, Nuestra Señora de La Paloma. No aprendí matemáticas ni inglés, pero pintábamos murales con los pies descalzos y cuidábamos de un huerto. Y corríamos, y nos caíamos, y nos manchábamos mucho. Además, hice judo. En ese momento no me di cuenta, pero ahora sé que mi abuela eligió un sitio hecho a mi medida donde lo más importante no era aprender chino con seis años, sino ser un niño sencillamente feliz.

Trataba de terminar todas las palabras en diptongo para vencerla en el camino de palabras encadenadas, y ella me decía que cuando fuera mayor me apuntaría a clases de pintura. Con mi maletín. Mi caballete. Y mis dragones. A cambio yo le compraría una casa.

Lo de la casa lo decía muy en serio hasta que me enteré de lo que valen, pero a decir verdad mi abuela estaba un poco obsesionada con lo de las clases de pintura. No quiero sonar desagradecido, me gustaba pintar, pero no más que a cualquier otro niño, diría yo.

Una mañana de Reyes Magos me enfadé muchísimo cuando le trajeron a mi tío pequeño, el Petirrojo, la PlayStation y a mí una caja de acuarelas. Me pareció tan injusto que tiré su regalo por la ventana. Jamás había visto algo romperse con tanta fuerza. Me sentí genial. El Petirrojo se puso a llorar y mi abuela se quedó horrorizada. Después me crecieron las piernas, lo metimos todo en cajas y cambiamos la capital por un pueblo a las afueras, Villanueva del Pardillo.

En fin, que mi abuela me apuntó a clases de pintura.

Ya tenía once años y debí de decidir que era el momento de dejar los dragones atrás. Mi profesora era una chiflada que no nos hacía ni caso, nos enseñó a pintar replicando cuadros. Nos mandaba al almacén, que estaba lleno de libros de pintores, y allí teníamos que escoger el que nos gustara.

Mi primer lienzo fue una galaxia con tres planetas en destrucción, lo que mi abuela bautizó cariñosamente como *Cosmos*. Aprendí a usar la espátula y es horrible.

El segundo fue un bodegón. Lo mejor del segundo es que aprendí lo que era un bodegón porque fui incapaz de dibujar un jarrón con agua. Es complicadísimo dibujar un jarrón con agua, aunque no lo creas.

El tercero fue un caballo azul en una pradera de colores. Después de muchos intentos de pintar cosas, elegí a Franz Marc, pasé del acrílico al óleo y por primera vez me gustó un cuadro.

| *Cosmos.* | *Un bodegón.* | *El caballo azul.* |

A decir verdad, yo era más feliz en la capital, jugando a las palabras encadenadas y pintando dragones. Compartiendo merienda con mi mejor amigo Jaime y peleándome con Diego en mi colegio *hippie*. Pero alguien estúpido de mi familia de mierda que no sé quién es pensó que un pueblo pijo y pequeño era un lugar mucho mejor para un niño como yo.

Así que terminaron de crecerme las piernas sin reír mucho. Sobreviví al instituto gracias a mis amigos y me crie en un pueblo que me empujó a crecer.

Y aunque cada mañana de ir al colegio, y cada tarde de volver del colegio, y cada sábado de librarse del colegio en el que fui feliz estuve con mi abuela, no fue hasta mis dieciséis años cuando Aica se fue a vivir a Alicante con su nuevo novio. Una llamada a la policía, una mochila de tela y el adiós más esperado de toda mi vida. Después de tantos novios, casas y gritos, Aica y yo nos despedimos tan mal que nos convertimos en esclavos de nuestra propia historia. Yo esperaba a una madre y ella sigue esperando a un hijo. Por eso es tan importante aprender a despedirse y con el tiempo lo he hecho.

Iba a contarte que fue entonces cuando la abuela me abrió las puertas de su casa, pero sería mentira. Lleva con su capa enredada en las disputas con mi madre desde que tengo memoria. Siempre de mi lado.

Sin terminar mis estudios, sin padres ni expectativas, llegué a una casa blanca donde los miedos se quedaban en el umbral de la puerta.

La abuela preparó una habitación con una estantería llena de libros. ¡Eran los de su infancia! Victor Hugo, Balzac... Francia en general y París en concreto. Los mismos que la habían salvado a ella cuando había tenido que irse a vivir a casa de su tía y no era más que un paquete de puerta en puerta.

A veces la historia tiende a repetirse.

No tardé en pintar el cuarto de estrellas, querido lector,

cada esquina, cada recodo, brochazo a brochazo, pinté la habitación de azul oscuro. Pero no un azul oscuro cualquiera, sino un azul cantábrico. Azul eléctrico. El mejor azul.

Y la barnicé casi entera. Y digo casi porque sobre la pared que había frente a la cama, la abuela había colgado un cuadro. ¿Adivinas cuál? Así es, *El caballo azul*.

Recuerdo con nostalgia (que es en lo que se convierte la felicidad cuando pasa) la cantidad de veces que me he quedado dormido mirando ese animal de crin azul y ojos negros, con quien di mi salto al óleo, imaginando lo lejos que podríamos llegar juntos si pudiera montarlo.

Después pasaron cuatro años semifelices en los que tuve mis primeros novios, empecé la universidad, trabajé en Disney y después en una tienda horrible que se llama Cortefiel.

Entre lo raro del destino y lo increíble de la casualidad publiqué *El Chico de las Estrellas*, mi primer libro. Y sería muy injusto decir que *El Chico de las Estrellas* no me cambió la vida sin antes confesar que me la cambió del todo. Y de golpe.

Después cumplí veinte años y reuní una cantidad pequeña de dinero suficiente para alquilar una habitación en Madrid.

Pero ¿sabes qué? No me fui de cualquier manera.

Metí mi ropa en cajas, mis cosas en cajas, mis estrellas en cajas y mis cajas en cajas, hasta que en la habitación solo quedaban paredes azules y un caballo. Cuando descolgué el cuadro noté una respiración cálida en la mano y el tacto húmedo del hocico del animal. Tiré con todas mis ganas de la pintura y me subí a lomos de un caballo azul con mis estrellas en la mochila.

Sé que mi abuela me adoptó por la definición de amor más exacta que existe, de la misma forma que el caballo azul frente a mi cama no era mera casualidad, sino su forma de decirme que lo montara cuando llegara el momento. Así fue como apagué la luz, giré el pomo y dibujé un «gracias» con el dedo en casa de la abuela antes de cerrar la puerta.

4.2
Los capítulos alternativos

¡Bienvenido a los capítulos alternativos!

Es decir, puedes no leerlo, querido lector. Me explico: en los capítulos punto algo, como el 4.2, no encontrarás avances en la trama de la vida de mi abuela, sino detalles curiosos que terminan de componer este libro. Lo que quiere decir es que si contemplas estas hojas como una mera distracción o una forma de evadirte, lo cual me parece maravilloso, puedes pasar página al capítulo 5. En serio, sin miedo. Ya.

Si por el contrario eres curioso, de los que aprovechan para mirar los intestinos del coche cuando levantas el capó, abres cajones que no son tuyos en busca de nada o te gustan las excursiones nocturnas de linterna y campo, estos capítulos saciarán tu instinto. La literatura es la historia, pero también puede serlo la historia que envuelve a la historia. ¿Por qué no?

Sé que es un poco raro hacer esto. Al principio me pareció una locura, pero tengo que reconocer que no me gustan los complejos, y menos los literarios. Cuando uno dobla las rodillas ante los complejos se vuelve elitista y se cree con la capacidad de dictar lo que es y no es válido.

Mi trabajo es emocionar, y si quiero meter fotos en un libro, meto fotos. Si quiero meter capítulos alternativos en mi novela, meto capítulos alternativos. Si quiero meter una cara feliz en este capítulo, meto una maldita cara feliz. Mira: :)

Parece poco serio, yo era de los que pensaban que un autor debería hacer el trabajo de criba (y aún lo creo). No solemos incluir todo lo que hemos escrito porque no todo vale, y así lo he hecho. Pero de la misma forma como he comprendido que la descripción de algo puede estar entre dos adjetivos, es decir, una mesa puede ser alta y blanca, un polvo puede resultar húmedo y excitante o una mirada puede ser verde y enigmática, entre el capítulo 4 y 5 puede existir un túnel, una tangente, una sala de los menesteres llamada «Los capítulos alternativos».

Habrá poquitos.

Pueden ser explicaciones del proceso de creación, un poema, una receta de cocina, una fotografía o una lista de cosas. Me encantan las listas. Este libro ha sido escrito por una continuación interminable de días en los que vuelvo a casa y tan importante me parece el pasado de la abuela como el presente en el que nos desenredamos de los problemas cotidianos del día a día mientras escribimos juntos este libro.

Y todo lo que nos queda por vivir a pesar de que escriba testamentos.

el amor

Entre los años 50 y 60

Comienza una nueva era.
Isabel II es coronada, Franco inaugura el Valle de los Caídos y nace ETA.
Phileas Fogg da la vuelta al mundo en 80 días en una
pantalla, Elvis saca su primer disco y Marilyn
Monroe canta Cumpleaños feliz.
Construyen Disneylandia, aparece la NASA
y alguien inventa el velcro.
Estrenan Peter Pan, *nace Rosa Montero y mi abuela se enamora.*

5

La Chica de Alambre

Dejarse caer es el primer paso
para volar

La Chica de Alambre. Es el nombre que he decidido ponerle a la juventud de nuestra protagonista en honor a sus piernas y al camino que está por trazar. Además, las primeras aventuras de mi abuela se caracterizan por las decisiones que tomaron por ella, y el alambre es un material maleable a tu antojo. Y ya sabes que si deciden por ti, te equivocas dos veces.

No puedo seguir contándote la historia con la imagen de una señora mayor en la cabeza. Menos mal que en los libros se puede hacer magia.

Imagina por un momento que las caderas de la abuela se estrechan, sus pechos se yerguen y sus piernas se alargan entre brillos de cobre y hierro. Ahora son finas y fuertes y en vez de varices están llenas de músculo. Imagina cómo su cabello rejuvenece a merced de la música creciendo hasta la altura de los hombros, cómo alrededor de su pedicura francesa brotan zapatos bien limpios y en lo más profundo de su mirada se escucha la risa de una adolescente. Así, sí.

Cada tarde, todos los días, la Chica de Alambre volvía a casa a la misma hora. Cuando atravesaba el portal de corte medieval y traspasaba las puertas se sentía pequeña. A menudo se preguntaba cuántos nobles y bellacos habrían muerto bajo la espada en aquel lugar. Una jovencísima abuela introdujo su brazo en una especie de bolso sin fondo, como el de Hermione, y sacó un bocadillo de calamares. Le dio un buen mordisco a su merienda como quien saborea la libertad. Con esto no quiero decir que la libertad sepa a bocadillo de calamares, entiéndeme, pero se le debe de parecer mucho porque a pesar de la época y lo triste que en algún momento pudo llegar a parecerme Madrid en los años de la dictadura, ella era una mujer libre.

La Chica de Alambre en el Parque del Retiro.

Tampoco puedo seguir con la historia si estás imaginando el Madrid de ahora, o peor, el salón de tu casa. Un poco más de magia. El último poco.

Imagina un jovencísimo Madrid brotando en el salón.

Cómo los muebles comienzan a estirarse rompiendo

el techo hasta convertirse en colosales edificios de hormigón. Los cuadros son ventanas y los marcos, escaparates de tiendas antiguas con ropa que está ahora de moda. El hierro de las lámparas se retuerce sobre sí mismo dando a luz a enormes farolas. Los libros baten sus páginas como palomas y la mesa se hunde en el suelo como una semilla que al brotar se convierte en una pequeña glorieta donde descansa la estatua de un poeta. El suelo de casa deja de ser el suelo de casa: asfalto, colillas pisadas, chicles renegridos y adoquines partidos con brotes de hierba. El viejo sofá será una pequeña marquesina de autobús enfrente del enorme cartel de un cine en blanco y negro, lo que hace segundos era el televisor. Huele a polvo, llueve un poco y la vida parece estar pintada de un color que ya no existe.

Alquilan un piso en un barrio de nueva creación que poco más tarde se pondrá de moda entre los americanos de la base de Torrejón e impactarán a todos con su presencia y sus dólares: la plaza de Las Ventas, un lugar lleno de avenidas y mucha vegetación, poco usuales para lo que era el poder adquisitivo de la clase media. La renta no era demasiado alta y por tanto estaba al alcance de gente trabajadora.

Con motivo de esta casa, la Mujer Fantasma entabló una relación laboral con Banus, constructor de la época y del régimen, con el que empezó a colaborar alquilando los pisos y llevándose una pequeña comisión que ayudaba a la familia. Así apareció el Francesito.

Se encontraron un día en el que enero le pisaba los talones a febrero y esperaba sentado en el portal a la Mujer Fantasma.

Acompañaba a un amigo que estaba interesado en conseguir uno de esos pisos de nueva creación. A ella la impactó. Realmente la impresionó. Llevaba una gabardina de color claro, su mirada era tierna y su sonrisa, de menta. Ella también le gustó, querido lector, estoy seguro.

La Mujer Fantasma no se hizo esperar, llegó entregándole una tarjeta a su amigo para que, mediante llamada, concretaran la firma del contrato. La madre de mi abuela acababa de marcar su destino para siempre, claro que no tenía ni idea, pues el que llamó al día siguiente fue Dedé, *el Francesito*. Gracias a la suerte, hermana de la casualidad, la Chica de Alambre cogió el teléfono y sus zapatos bien limpios quedaron anclados al suelo. Juraría que era uno de esos teléfonos familiares de la época que estaban en el salón, por lo que no podías hablar con intimidad. Así que bajó la cabeza y no dejó que sus padres vieran sus ojos para que no se dieran cuenta de todo lo que pasaba en su interior. La Chica de Alambre y el Francesito quedaron en una cafetería en el centro de Madrid al día siguiente por la tarde.

Llegó a las siete en punto. Ahí estaba él, sentado a una mesa con su gabardina y un cigarro en la mano que, según mi abuela, lo hacía aún más atractivo. En algún momento, sintió ganas de retroceder y marcharse sin que el Francesito se diera cuenta; sus piernas de alambre se lo habrían permitido. Tenía miedo, pero consiguió llegar hasta donde estaba la mesa, y menos mal, porque de lo contrario no habría historia.

Él no hablaba casi español y ella poca idea tenía de francés, y a pesar de eso empezaron a compartir cosas. Supongo que el idioma no es tan importante cuando dos personas tienen ganas de entenderse.

De la conversación de nuestros tortolitos, que sin duda sería un poco ridícula, la Chica de Alambre sacó tres conclusiones sobre el muchacho: tenía veintidós años, trabajaba en París como radiólogo en una clínica en la avenida de Victor Hugo, que parte del Arco del Triunfo (son un total de doce avenidas y dentro de unos años se la conocerá como la plaza de la Estrella), y al día siguiente regresaba a su ciudad.

—¿Y ya está?

—Y ya.

—No, no. ¿Cómo que «y ya»?

—Pero ¿qué quieres que te cuente? —se alteró.

—Lo que pasó después. Si te lo llevaste a casa y te acostaste con él. TODO.

—Después hablamos y paseamos.

—¡Venga, no me jodas! —La abuela me miró con los mismos ojos con los que te mira la tuya cuando sueltas palabrotas.

—Qué pena, hijo, con el dinero que me he gastado en tu educación, que hables así.

—¿Os liasteis?

—¿Cómo que si nos liamos? Pero ¿tú te crees que yo te voy a contar esas cosas...? Eso tiene un precio —soltó entre risas, café y pipas.

—Ya te has venido arriba.

—No, perdona, no te confundas. Yo no me vengo arriba, yo estoy arriba. —Reímos—. Hablamos, paseamos y me besó.

—Qué fuerte. Y ¿cómo fue?

—No supe corresponderle porque yo no sabía besar, él sí, y muy bien.

—Y ¿después no...?

—No.

—Pues vaya.

—Pues vaya nada. Fue precioso y no nos hizo falta nada más. Me tarareó canciones románticas en francés, me susurró una que años más tarde conseguí traducir, decía así:

Que te tengo que querer está escrito en el cielo.

Y se fue con su promesa de escribirme.

6
Dedé, *el Francesito*

La memoria tendría que ser como un pósit,
que se pone y se quita según las circunstancias

La Chica de Alambre tuvo la suerte de entrar a trabajar en una importante empresa de publicidad. Empezó en el departamento de medios, desde donde se lanzaban las órdenes de prensa, radio y televisión.

Aparte de ser apreciada por sus jefes conoció a Marisa, una compañera que sabía algo de francés. Fue su salvación porque el Francesito quedó en escribirle, aunque tardó mucho más en hacerlo de lo que a ella le hubiera gustado. Este tiempo de espera se le hizo interminable, el Francesito había calado hondo en ella, su amor se agarró como una liendre a sus pestañas y su ceguera no parecía tener remedio. Al final escribió. Marisa le ayudaba a traducir las cartas. A él, se las traducía una chica española que trabajaba en su clínica. Imagino a la abuela de ayer ilusionada con la llegada de la primera misiva; venía con una fotografía del Francesito que estrujó contra su pecho y guardó con cariño en su bolso. Recuerda aquella época con nostalgia, todo lo que le sucedió tenía que sucederle. Fue gracias a la fuerza mental. Mi abuela no es una persona de fe y no ha vuelto a rezar desde que abandonó el colegio de las escolapias, allí era obligatorio hacerlo. Pero cree mucho en el poder de la mente. ¿Recuerdas cuando la Chica de Alambre vivía con su tía y su salvación fue la literatura, en especial los autores franceses? Ella nunca había ido a Francia, pero se había enamorado del país gracias a los libros. Es muy justo que el Francesito apareciera en su vida y muy fácil que ella se enamorara de él porque es una idea que siempre ha vivido en su corazón.

A pesar de la distancia y de la diferencia de idioma, las ganas y la fuerza mental hizo que salvaran obstáculos y la relación con el Francesito siguió. Las cartas se cruzaron en aviones de ida y vuelta mientras las palabras recorrían el cielo de España a Francia, salvando distancias de kilómetros y kilómetros. Tanto fue así que no tardó mucho tiempo en llegar una carta dirigida a Manos de Fuego en francés, donde naturalmente le pedía la mano de su hija.

Con la ilusión con la que un niño descubre la nieve, la abuela me contó que era una carta llena de poesía y respeto. Tardó varios días en leérsela a su padre, ya que no sabía cómo la afrontaría. En uno de los párrafos decía:

Señor, no he podido evitar enamorarme de su hija, quien, con su bondad y cualidades, ha conseguido poner cadenas a mi corazón.

También afirmaba que iría en agosto para conocerlo, presentarle sus respetos y darle todo tipo de explicaciones en cuanto a su familia y posición. Yo qué sé, querido lector, cosas de la época.

Hacía hincapié en que sentía un amor profundo por ella y que lo que más anhelaba era convertirla en su esposa.

Manos de Fuego, inteligente él, dijo que sería mejor esperar a que llegara el verano. Le preocupaban los dieciocho años de la Chica de Alambre y pesaban en la balanza de la decisión. No obstante, Carmen sabía que la carta y las palabras en ella habían afectado a su padre de manera positiva.

La Chica de Alambre miraba el buzón todos los días esperando más palabras. Eran una declaración de amor constante. El día que recibía carta no dormía. Llegaba lo más pronto posible al trabajo y esperaba a Marisa para que hiciera, una vez más, la traducción del texto. Instantes mágicos que la subían al cielo sin lugar donde agarrarse. Lo que vino después sigue siendo un misterio sin resolver. Las cartas se fueron espaciando, al igual que las llamadas del Francesito. Llegó el soñado verano y no supo nada de él. La fecha señalada para su llegada era el 2 de agosto. Una fecha que mi abuela lleva en la memoria marcada a fuego. Una fecha que, primero, fue de una felicidad que jamás había llegado a sentir; y segundo, se convirtió en una fecha fatídica para ella y sus sueños, que se fundieron con esas cartas, convirtiéndose en cenizas.

Ahí fue más o menos cuando se enfadó.

Sentía que su amor había quedado vencido por la nada y su dignidad machacada. Había presumido en el trabajo de su noviazgo, lo sabían sus padres y todos sus amigos querían conocer al novio. El Francesito seguía manteniendo que iría, pero a ella no le convencían sus excusas para no hacerlo en la fecha que él mismo había marcado en el calendario, así que decidió averiguar por sí misma lo que estaba pasando.

Aprovechando el final de las vacaciones de verano, les dijo a Manos de Fuego y a la Mujer Fantasma que se iba a Barcelona con Marisa.

Marisa hacía un par de meses que había huido de su casa, junto a su madre y hermanas, de madrugada, una fría noche de invierno. Huían de un padre y esposo borracho y maltratador que, literalmente, las molía a palos cada día al llegar a casa, pagando con ellas toda su frustración y fracaso como hombre y como padre. Así fue como su residencia cambió de Madrid a Barcelona. Era el secreto mejor guardado por sus compañeras de trabajo, entre las que se encontraba mi joven abuela.

En realidad, su plan era coger un tren en Hendaya con dirección a París, que fue exactamente lo que sucedió. Aunque tenía dieciocho años, entonces la vida era diferente y ante la ley era menor de edad. Suerte que para la Chica de Alambre tantas normas y reglas le resultaban ajenas. Se instaló en un hotel cerca de la plaza de la Estrella. Apenas dejó las maletas, se fue andando a la dirección que hasta hace muy poco era la del hombre con el que quería casarse y que pensaba que la correspondía. Por fin, París.

En la acera de enfrente había una cafetería típica

parisina, cara y con las sillas de la terraza mirando hacia la calle. La Chica de Alambre vio a tres hombres conversando entre risas, humo y cerveza. Su sorpresa fue tan grande como su absurda reacción. ¡Ahí estaba él! Él y dos más. Lo normal habría sido cruzar y dirigirse al Francesito, pero en esta ocasión sus piernas no lo hicieron.

Un ejército de dudas la rodeó, apuntándola con sus lanzas.

¿Qué hacía ella allí? ¿Cuál sería su reacción? ¿Se alegraría de verla? ¿O, de lo contrario, ya no la quería?... Lo único que consiguió hacer cuando se levantaron y empezaron a caminar en la misma dirección fue cruzar y adelantarse, pensando que él la vería de espaldas, colocaría una mano sobre su hombro y la besaría. Qué ingenua, ni la vio, ni la llamó. Así que sintiéndose aún más ridícula, dio la vuelta a sus piernas de alambre y emprendió su camino de vuelta al hotel.

Aquella noche no pude dormir. Recuerdo que me hice mil y una preguntas y, al no encontrar respuesta a ninguna, a la mañana siguiente fui a su casa. Me abrió la puerta y, por su expresión de asombro y alegría, comprendí que la noche anterior ni me había visto ni me había reconocido. Mi dignidad se recuperó un poco.

Le conté el porqué de mi viaje y mi estúpida reacción de la noche anterior y ¿sabes qué, Chris? Su casa estaba llena de fotos mías.

También supe que uno de los hombres que lo acompañaban era su hermano, que había ido a verlo, ya que no vivía en París. Lo primero que hizo fue llamar a mis padres para tranquilizarlos. Me dijo que viajaría pronto a Madrid, pero que le habían surgido algunos problemas que tenía que solucionar. Me presentó a su hermano, un tipo encantador, y con él volví a casa. Nos despedimos en el andén del tren París-Madrid y lloró. Aun así, mi inseguridad no desaparecía del todo, y con razón. Fue la última vez que lo vi.

Recibí un par de cartas más, pero yo sabía que mi historia de amor ya no tenía más recorrido, aunque en mi corazón haya permanecido viva durante todos estos años. Yo he seguido recordándolo como el primer día, creo que el misterio que rodeó esta historia y su desenlace final, además de ser mi primer amor, la han elevado por encima de cualquier otra. Me había despedido de mi trabajo, tenía mi diseño de traje de novia que Andrés, del departamento de dibujo, me había hecho. Era un boceto precioso cuyo final fue un cajón de mi armario.

Me sentí humillada y no quise volver a mi trabajo por vergüenza. Tener que dar explicaciones me horrorizaba, a pesar de que me lo habían ofrecido en infinidad de ocasiones. Qué estupidez.

Comenzó el año 1960, una década en mi vida con muchas luces apagadas. Dije adiós para decir hola. Lo bueno es que yo era muy joven y todo el mundo opinaba que el tiempo todo lo cura.

Pero es mentira, más bien cierra heridas, pero la cicatriz siempre queda ahí para recordarnos cómo nos la hicimos. No quiero que el odio sea mi bastión para sobrevivir, quiero vivir sin rencor, a fin de cuentas, el cáncer del alma es mucho peor que el físico. Hay quien dice que el verde es el color de la esperanza, no lo sé, no creo que dependa del color, más bien de uno mismo y del cuadro que quieras pintar.

La Chica de Alambre en París.

7
¿Qué es el amor?

El amor es
admiración

—Me llamó dos o tres veces más por teléfono. Y me escribió una carta también.

—¿Y no se lo cogiste?

—No estaba en casa. Pero me dejó un recado que me dio mi padre.

—¿Qué decía?

—Pues no lo sé porque mi padre no tenía ni idea de francés.

—¿Entonces?

—Me dijo: «Ha llamado el Francesito».

—Y entonces lo llamaste...

—Claro. Y dentro de las dificultades para entendernos por teléfono, me dijo: «Estoy en el trabajo, luego te llamo».

—Todo esto en francés.

—Sí, claro.

—Qué pronto aprendiste tú francés, ¿no? —dije con sorna.

—Sí, prontísimo, yo tengo mucho enganche para los idiomas y tú facilidad para las lenguas —respondió la abuela devolviéndome la flecha.

—Y ¿cuándo te volvió a llamar?

—No. Es que no me volvió a llamar.

—Y ¿cómo no lo llamaste tú?

—Porque no me dio la gana. —Reímos juntos—. Ya me sentía bastante humillada.

—¿No te quedaste con las ganas de saber qué quería decirte? Aunque sea un poco.

—Claro que quería, pero no me dio la gana. Me escribió una carta en la que me decía que no me había podido llamar, como si yo fuera tonta. Trataba de justificar su actitud y al mismo tiempo yo veía que él rehuía el compromiso. Excusas, Chris.

—¿No respondiste a la carta?

—No.

—¿Por qué?

—Porque no me dio la gana.

—Joder, es que nada te daba la gana.

—No. No me daba la gana de que me siguieran tomando el pelo. Ahí había algo que no encajaba.

—¿Qué no encajaba?

Hubo un breve silencio de café y pipas.

—Esto no lo vayas a poner en el libro, ¿eh? —me advirtió con un dedo en alto.

—No, no, ¿por quién me tomas?

—Te lo aviso —sentenció—. ¿Te acuerdas de la chica que le traducía mis cartas en la clínica en la que él trabajaba? Pues cuando fui a París hicimos buenas migas. Era española y con el tiempo vino a Madrid de vacaciones. Nos vimos un par de veces, a decir verdad, era una chica muy agradable. Una vez me preguntó: «¿Ha hablado Dedé contigo?». «No», le dije yo. «¿No te ha comentado

57

nada sobre el chico?» Volví a negar. «Ah... vale, vale..., pues ya hablará contigo.» En ese momento era una niña ingenua. Reconozco que no entendí bien la situación, pero con el paso del tiempo y la experiencia que te dan los años, la analicé un poco y llegué a una conclusión. Dedé tenía una sensibilidad especial, era guapo, atento y de lágrima fácil. Vamos, que lo tenía todo para ser real.

—¿Y?

—Y pues eso.

—¿Pues eso qué? —indagué.

—¡Que era gay!

—¡Lo sabía! —dije, pero en realidad no me lo había imaginado hasta hacía cinco minutos.

—Además tuvo otra relación, seguramente con el chico del que me habló su amiga. Esa es mi conclusión, pero no tengo ni idea, ¿eh? A lo mejor es una ilusión de mi subconsciente para justificar su actitud. O igual había encontrado a otra mujer que le gustaba más que yo.

—O sea que además te puso los cuernos.

—Bueno, me puso los cuernos, claro, con un chico, evidentemente, pero todo esto supuesto, ¿eh?

—Pero te puso los cuernos.

—Sí, pero en París.

—En París, en Manhattan o en Georgia, los cuernos son cuernos.

—Sí. De joven me sentó como una patada en la boca, pero yo qué quieres que te diga, las relaciones a distancia son complicadas porque el tiempo las deteriora y se difuminan los sentimientos.

—Entonces, tu primer amor era gay, te puso los cuernos y además no crees en las relaciones a distancia.

—Exacto.

—¿Aun así te sigues acordando de él?

—Pues claro, niño. Era especial, era dulce, era tierno, era cariñoso, era francés y me llevaba cuatro años..., ¿qué más podía pedir? —enumeró.

—Y ¿por qué nunca superaste esa historia?

—Porque el primer amor nunca se supera. Tú serás muy listo, pero yo me quedo anclada en las personas. Quizá porque nunca encontré a alguien similar o superior, es más, los siguientes hombres de mi vida fueron la cara opuesta. Pero vamos, tú no te preocupes, que yo siempre me he llevado muy bien con los gais. —Estaba recostada en el sofá cual sirena de Copenhague. Dijo, cambiando de tema—: Tengo los tobillos hinchados, ¿no te parece?

—Sí, un poco.

—Más que el año pasado, ¿no?

—Pues no lo sé, no me acuerdo de tus tobillos del año pasado.

—Pues deberías acordarte, te han sustentado muchas veces. ¡Como dos columnas!

—¿Cómo que sustentado? —pregunté con media sonrisa.

—Pues claro. ¿No bailabas sobre mis pies cuando eras pequeño? Pues ya está, te han sustentado muchas veces.

El silencio entró sin llamar y aproveché para preguntar lo que quería saber realmente:

—¿Qué es el amor? —retomé.

—Una metáfora muy bonita que nunca se cumple.

—¿En serio?

—Sí, sí. Y tan en serio.

—Que no se te haya cumplido a ti no significa que...

—O que la gente no quiere pararse a analizarlo. Tampoco hay que llevarse las manos a la cabeza, ¿no? Queda muy bien lo de superar las cosas, pero a muy poca gente se le cumplen sus ideales de amor. Con esto quiero decirte que no tengo nada de especial. Cuando llega la realidad el mito se desvanece. De hecho, cuando dejas de admirar a una persona, el amor se deshace.

—Entonces... ¿qué es el amor?

—El amor es admiración.

8

La Ciudad Invisible

Costanilla de los Ángeles, 7,
28013 Madrid

Oye, lo siento.

Llevas casi un mes abandonado.

Resulta que he vuelto a La Ciudad Invisible, una cafetería donde solía escribir antes de que llegaran los martes en los que vuelvo a casa. Está entre Santo Domingo y Ópera, escondida entre quienes buscan un hogar y quienes lo encuentran. Por eso es invisible.

Suelo sentarme en una mesa amarilla que hay pegada a la ventana. Prefiero el tintineo de los vasos saliendo del lavavajillas al silencio de las cosas por hacer que hay en casa. Me gusta escribir sin sentirme solo, rodeado de ruido y de la burbuja que fabrico donde nadie puede entrar.

Además de zumos tienen libros de viaje, lo que convierte a la cafetería en el sitio perfecto para organizar un interrail, saber en qué parte de África puedes ver jirafas o el lugar idóneo para escribir si te has llevado a tu abuela a París.

Las lámparas siguen en su sitio, las mesas y el baño, también. Nada cambia aquí dentro excepto las paredes. Cada mes, La Ciudad Invisible regala sus muros a un artista, que expone, pinta y decora este lugar, convirtiéndolo en un sitio diferente sin que deje de ser el mismo.

Comer sigue siendo un poco caro, pero puedes tirarte nueve horas escribiendo con un café y una Coca-Cola. Igual no debería contarlo, pero puede que Ana, una mujer de coleta negra que se parece mucho a Eva Amaral, te regale unos rollitos de pavo y queso a media tarde, te traiga una tortuga de rafia de su último viaje o abra veinte minutos antes para que puedas pasar al baño si no tienes dónde hacer pis. Es tímida y morena. Viaja casi tanto como trabaja y esta mañana me ha escrito porque ha ido su doble. Siempre les encontré cierto parecido, así que se ha acordado de mí y me ha escrito. Ella dice que no, suerte que le pedí que se hiciera una foto y menos mal que Ana venció su timidez.

Juzga tú mismo:

Un poco sí, ¿no?

He vuelto a La Ciudad Invisible por tres razones:

Una. Es mi segunda casa.

Dos. Ana se ha hecho una foto con Eva Amaral solo por mí.

Tres. Tengo que contarte lo de París.

Lloró un poco. Por lo visto mi abuela empezó a ser una señora con nueve años y cuando abrió mi regalo cumplió setenta y tres convirtiéndose en una niña de nuevo. Nunca había visto a mi abuela llorar. Ha sido bonito y estoy muy orgulloso en general. Compré la típica cajita del Tiger donde metí los billetes de avión, fotos de la casa donde nos hospedaremos, un poema y trozos de periódicos a tiras para hacer bulto.

Tras los primeros capítulos de su vida entendí lo importante que es París para ella. Recuerda que nos queda medio año juntos, querido lector, y no puedo dejar pasar las oportunidades. No esperes a los mejores momentos porque no llegan solos, hay que buscarlos. A mí nunca me ha matado Francia, pero a mi abuela sí, que es lo que importa. Ha terminado gustándome porque me lo han enseñado sus ojos, su boca y sus pies.

Lo primero que hizo al llegar al aeropuerto es comerse un Magnum. Esperó a que el avión estuviera despegando para atarme una pulsera de cuero en la muñeca a modo de agradecimiento, su pensión no da para más, ni falta que hace. Eligió ventanilla, cogimos un taxi en francés y llegamos a Montmartre con la felicidad entre los dientes. Después compramos pizza para tres días, llegamos al alojamiento de Airbnb o, como diría mi abuela, *bilandbi*, y subimos muchos escalones. Resulta que era un quinto sin ascensor. Ahí me equivoqué, porque debí pensar en una casa más bajita sin tantas escaleras. Aunque el cansancio no superó la emoción de la abuela, tardamos media hora en llegar a lo más alto de la más alta torre, haciendo parones en los descansillos.

Nos recibió una señora muy francesa con nombre de telenovela, Marguerite. Amante del metro, dueña de la casa y, según mi abuela, la Bicho. Fue gentil y pesada, por lo visto en la página especificaba que la estancia era compartida, así que se quedó con nosotros. ¡Qué emocionante, ya hay un trío! La abuela aprovechó el momento de deshacer las maletas para decirme: «Algún día te irás tú por tu *lao* y yo por el mío, ¿no? Que tengo que ligar». Después se hizo Instagram, se puso el pijama y le sacó una foto a la catedral, que se veía desde la ventana.

—Mira. Mira qué bonita mi torre —decía, enseñándome la pantalla de su móvil. Estando en París no tenía ojos para mí.

Al día siguiente, robamos unas velas que iban muy bien para el salón, desayunamos un zumo de naranja, dos cafés y una tostada por 27 euros y eché de menos La Ciudad Invisible. Cuidado con desayunar en París. *Cuidao*.

Comimos, descansamos y pasamos por la plaza de la Estrella, lugar donde estaba la clínica en la que trabajaba Dedé, *el Francesito*. En su lugar había un Decathlon. Visto Notre Dame y el Arco del Triunfo, cenamos una hamburguesa con mostaza. ¿Has visto alguna vez a tu abuela cenar hamburguesa? Es divertido y puedes descubrir que no sabe pronunciar la «x». En vez de «boxeo», mi abuela dice *boseo*; en vez de «taxi», mi abuela dice *tasi*; y en vez de «sexo», mi abuela dice «yo no hablo de esas cosas...».

El tercer día fuimos a la torre Eiffel y al Louvre. Vimos *La Victoria de Samotracia*, *El escriba sentado* y un cuadro famoso de Delacroix que no recuerdo cómo se llama. *La Gioconda* también, pero poco, ya que estaba tras una mampara de cristal en una sala enorme rodeada de flashes. No es que no nos gustara, es que solo disponíamos de tres días para visitar la ciudad y valoramos nuestro tiempo. Cogimos un ferri y bordeamos el Sena de noche mientras me contaba una pequeña historia sobre prostitutas y un rey listo.

Mira, Chris. Antiguamente, cuando no había luz eléctrica, las prostitutas se ponían en esa especie de soportales que ves allí, donde ejercían la prostitución sin ser reconocidas, lo que posteriormente les jugó en contra porque los hombres comenzaron a asesinarlas, supongo que para no pagar. Entonces, Luis XIV, el Rey Sol (también apodado el Iluminado), ante la alta tasa de crímenes, en 1667 ordenó colocar lámparas de aceite y antorchas en puertas y ventanas para disuadir a los malhechores. París fue la primera ciudad del mundo con alumbrado público. Así, las prostitutas quedaron protegidas al cruzar al otro lado del río. *Au bord de l'eau* (al borde del agua), de ahí el nombre de burdel, como se llamaban antiguamente a los prostíbulos (además de por el color burdeos, el lápiz de labios que solían llevar). Los burdeles, controlados por el Estado y que también las protegían, pues la identidad de las mujeres quedaba a salvo en el interior de estos lugares, debían estar manejados por una mujer, normalmente exprostituta. Además, tenían que avisar con una luz roja cuando estaban abiertos, de ahí el término «barrio rojo». Las prostitutas solo podían abandonar el burdel en determinados días y acompañadas por un hombre.

Después, pasaron a llamarlas rameras. Los clientes llevaban un ramo de flores, que dejaban a los pies de la puerta cuando la cerraban. Ese era el modo de saber qué habitaciones estaban libres.

La abuela y yo en París.

Mi abuela estaba cansada.

Le encontré sentido a lo del testamento y fue la primera vez que la vi derrotada.

Cogimos muchos taxis a pesar de que Marguerite, *la Bicho*, nos había apuntado en planos de metro todo lo que teníamos que hacer. Pero a mi abuela le costaba subir las escaleras, hablar al caminar, incluso respirar.

Sería muy estúpido no reconocer que ha sido el viaje más bonito de mi vida sin confesar que por una vez fui yo quien cuidó de ella. Llegué a pensar que no aguantaría el trote. Igual es obvio, ¿no? Es una persona mayor y las personas mayores se cansan, no hay más. Aun así, mi abuela estaba contenta, profundamente emocionada y contaba con esa felicidad inmediata en las piernas que exigía a su cuerpo más aunque no le quedaran fuerzas.

La última noche llegó corriendo.

Llevaba días advirtiéndome que de la cena se encargaba ella.

No paró de hablarme en todo el viaje de un restaurante maravilloso con platos exquisitos y música en directo en el que había que pedir mesa con semanas de antelación, La Mère Catherine. Llamó desde Madrid antes incluso de embarcar y al parecer no hubo problema en reservar una mesa, ¿suerte?

Subimos al Sacré Coeur porque está en el barrio de los pintores. Nos montamos en un taxi donde gané jugando a palabras encadenadas mientras su risa se balanceaba sobre la mía. De pequeño siempre perdía y, en algún punto del tiempo que he olvidado, he empezado a ganar. Crecer es no recordar cuándo jugaste por última vez. Pisamos piedra, espantamos palomas y vimos algunos cuadros antes de entrar. Pero cuadros de verdad. Nada de *Cosmos*, *Un bodegón* o *El caballo azul*. Cuadros bonitos, currados, importantes.

El restaurante estaba vacío.

La cara de mi abuela se inundó de pena y tuve que lanzarle un flotador.

Le dijo al *maître* que teníamos una reserva a nombre de Carmen y él respondió que nos sentáramos donde quisiéramos sin prestarle demasiada atención. Esperábamos un lugar repleto de vida y música y nos encontramos un restaurante abandonado con un piano de fondo. A pesar del disgusto, mi abuela no tardó en preguntar por los músicos, todavía estaba dispuesta a sorprenderme. Al parecer, hacía demasiado tiempo que en ese lugar no existía la música. El piano debió de convertirse en un elemento de decoración a lo largo del tiempo y la única canción que escuché fue el pecho de mi abuela crujiendo. Esa fue la estúpida manera que tuvo el mundo de llamarle vieja.

Fue como si se diera cuenta de que la vida es un lugar al que cada día pertenece menos, como si sus recuerdos estuvieran empolvados y al soplarlos se deshicieran entre los dedos, como si su amor fuera antiguo y París solo viviera en su memoria como un muñeco de nieve en una bola de cristal. Los restaurantes no son los mismos, la educación ha cambiado, los alquileres han subido y alguien apagó la música.

Ahí fue cuando hizo magia.

No sé si le sopló a la Luna o si, por un instante, la vida barajó las cartas, pero intercambió unas diminutas palabras con el *maître* que no llegué a escuchar y, antes de volver a sentarse, una joven francesa de manos largas salió de algún lugar recóndito del restaurante, se acercó al piano, nos dedicó una sonrisa de pan y nos dijo, en un español afrancesado: «Voy a *tocag* algo que os guste...».

Y empezó a sonar *Hijo de la Luna*.

Así fue como mi abuela esquivó el llanto, dio un golpe en la mesa que terminó sonando a Mecano y declaró que pertenece a este mundo tanto como París al centro de su corazón.

Y ¿sabes qué?

Mi abuela murió un poco esa noche.

Pero tuvo un viaje feliz.

Una despedida feliz.

Y un cumpleaños feliz.

8.2
Te llevaré a París

Mi abuela se enamoró en París.
Yo estoy enamorado de ella.
Que sí.
Es un cliché, pero no es mentira.
Tengo los ojos llenos de ilusión desde que vi su cara.
Ella misma los colmó,
los barnizó y los enmarcó.
Y los cuidó para que el mundo no cambiara mi mirada.
Como el que pinta un caballo azul y lo cuelga en una pared
blanca.
Conquistando lo difícil,
esquivando lo cutre.

Mañana la llevaré a París.
Porque ella se enamoró allí.
Y porque yo estoy enamorado de ella.
Quiero que me cuente París, porque cuando lo hace sus labios
parecen jóvenes.
Quiero que me enseñe París, porque es un secreto y yo nunca
rompería nada suyo.
Quiero que me descubra París, porque no se me ocurre mejor
manera de agradecer lo que hizo con mis ojos que regalárselos.

el dolor

Entre los años 60 y 70

Construyen el muro de Berlín, surge el movimiento
hippie, *los* skinheads *y la segunda*
ola feminista.
Nacen los Beatles, la Pantera Rosa y Audrey desayuna con diamantes.
Mueren el Che Guevara y Martin Luther King,
y Nelson Mandela es encarcelado.
Pisamos la Luna, trasplantamos el primer corazón
y mi abuela comete el mayor error de
su vida.

9

El Cabezón

Cuando la Chica de Alambre volvió de París, su corazón cayó en picado contra sus zapatos bien limpios. Manos de Fuego solía pedírselos desde algún lugar de la cocina en el que se sentaba con el betún en una mano y el cepillo en la otra; los limpiaba a conciencia liberándolos de restos de sangre y trozos de músculo sobre un cubo de plástico. Desenredaba venas rebeldes que había entre los cordones y buscaba entre suelo y suela los trozos rotos del corazón de su hija. Claro que no los encontró todos.

Hay dos cosas que la salvaron de su rota historia de amor.

La primera fue la amistad. No conseguía superar la pérdida, las noches duraban calendarios enteros y luchaba contra el recuerdo con ese famoso nudo en el pecho que lleva quien se queda sin respuestas. Quedarse sin respuestas se parece mucho al miedo, y donde hay miedo, no cabe mucho más. A pesar de que la familia la veía alicaída y el espejo le escupía ojeras, trató de retomar sus hábitos y volvió a reunirse con la pandilla. Quedaban los fines de semana y montaban su propio guateque donde el

73

ron, Elvis y su *rock'n'roll* amenizaban las tardes. Empezó a fumar y volvió a sonreír flojito, rodeada de amigos en un local situado en el corazón del barrio de las Letras: la plaza de Santa Ana. El sitio no era ni muy grande ni exageradamente pequeño, ni caro ni excesivamente barato; según entrabas había una barra a la izquierda con media docena de taburetes y, a la derecha, mesas bajas, sofás tapizados y lámparas verdes que daban poca luz.

La Chica de Alambre y un amigo
en los guateques.

La segunda fue un nuevo amor. El famoso clavo que saca a otro clavo. El remedio que empeora la enfermedad. Un quilombo. En ocasiones, en ese local coincidían con un joven que siempre estaba solo, sentado a la mesa del fondo contra la pared, leyendo o haciendo que leía. Tenía los ojos azules casi blancos siempre amparados detrás de unas gafas de aviador. De ideas fuertes, alto, cabello rubio oscuro y una cabeza algo grande en proporción a su cuerpo. Llevaba un abrigo de paño decorado con insignias del régimen de la época: el águila, el yugo y las flechas. Incluso en ocasiones, una esvástica. El tema es que intentó ligar con Maite, una de las mejores amigas de la Chica de Alambre. Aquella tarde, cuando fueron a pagar la cuenta, ya lo había hecho él, lo que provocó un acercamiento al día siguiente.

Probablemente, el muchacho miró a Maite y pensó: «Extranjera y presa fácil». Se equivocó totalmente: no era cuestión de prejuicios, sino de atracción y química. Volvieron a verlo la semana siguiente, vestido con sus ideas y más emperifollado que nunca. A partir de ese momento nació una diminuta amistad entre los tres en la que jugaban a las cartas y discutían entre periódicos y tabaco. Maite terminó volviendo con su familia a disfrutar del Sena y él se quedó con las ganas. La supuesta presa se le escapó de las redes del que se creía que era todo un conquistador. Ahí quedó la Chica de Alambre, él lanzó su anzuelo y... ¡picó!

Nunca dijo su nombre. Era un chico siniestro y enigmático. Se presentaba como Ernesto pero no era su nombre real. Le sacaba un puñado de años a mi abuela y llegó a ser tan pesado que la Chica de Alambre lo bautizó como el Cabezón, y desde entonces da igual cómo se llamara, sería el Cabezón. Sinceramente, a Carmen no le gustaba, pero era insistente y al final consiguió su propósito. Lo único que quería la Chica de Alambre era no pensar ni un segundo en su rota historia de amor. Echaba de menos al Francesito y necesitaba enterrarlo, por eso cualquier excusa era buena para refrescarse la cara en ríos distintos. Esa fue la causa de que bajara la guardia y cayese; terminó apartándose de su pandilla, de su sonrisa floja y de Elvis y comenzó a salir con el Cabezón. Desconectó de todo lo que había sido su vida hasta ese momento y se dejó arrastrar por la insignificante ilusión de la novedad, como una piedra que llama tu atención de vuelta a casa, te agachas para recogerla y guardas en el bolsillo.

¡Eran tan diferentes...! Claro que en ese momento no lo sabían.

Se empezaron a ver con cierta regularidad, lo que, traducido a la época, era ser novios. La Chica de Alambre fue cediéndole el paso a los meses para ver si el tiempo hacía que su corazón volviera a funcionar, pero no hubo forma, al parecer esa relación no iba a ningún sitio, así que no le quedó más remedio que hablar con el señor de la cabeza desproporcionada y explicarle que no sentía nada por él. Cuando se lo confesó, este comenzó a machacar un árbol a puñetazos, como si fuera un oso, incrustando sus nudillos deshechos en la corteza. Quedó bastante afectado, tuvo que dejar las clases de boxeo unas semanas para recuperar las garras, y la Chica de Alambre comenzó a experimentar los sentimientos más inútiles que existen: la pena y la culpa.

Tras un tiempo de silencio volvieron a encontrarse.

Parada en su viejo portal de corte medieval, la Chica de Alambre se preguntaba qué hacer con su futuro. La idea de ir a vivir a Francia, concretamente a París, iba haciéndose fuerte en ella. A fin de cuentas, había dejado el trabajo de su vida para casarse con Dedé y marcharse con él allí, pero él la había abandonado. Ya no importaba, tenía claro que su futuro estaba en París, aunque no fuese a la vera del Francesito; sentía que ese era su lugar, donde le habría gustado nacer y donde, al parecer, le gustaría morir.

—Prométeme una cosa —dijo mi abuela congelándolo todo desde su sofá marrón, con una galleta de canela en la mano.

—¿El qué?

—Que cuando me muera me quemarás y esparcirás mis cenizas en el Sena.

—Te lo prometo —contesté, tras una pausa de silencio.

Acababa de encontrar el segundo chispazo que ilumina este libro. El silencio me dio la clave, mi abuela no estaba bromeando, en lo más profundo de su alma desea morir en París. Y pasando por alto el tema de que es ilegal tirar a tu abuela al río más famoso de Francia, pienso hacerlo.

—Pero antes prométeme tú una cosa —dije.

—Dime.

—Que no te morirás nunca.

—Te lo prometo —respondió, desafiando con una sonrisa a lo imposible.

¡Atento! En este momento, el Cabezón está pasando frente al portal de corte medieval de la Chica de Alambre. Es la primera vez que se encuentran desde que lo dejaron. La mira, la saluda con la mano y baja la cabeza. Ella lo mira y corresponde a su mano con la suya en el aire. Si te fijas bien, querido lector, si miras la cara del Cabezón... está sangrando.

Su rostro era irreconocible, propio del campanero de Notre Dame. Parecía como si hubiera tenido un accidente. La Chica de Alambre quedó perpleja. Pero ni él cambió de dirección ni ella dijo nada. La culpa y la pena de la Chica de Alambre multiplicaron su volumen como mercurio estallando contra el suelo y así nació la idea de llamarlo. Por un lado, quería interesarse por él, y por el otro, pensaba que no era una buena idea.

Ojalá hubiera hecho lo contrario de lo que escogió.

Lo llamó.

Y él le contó lo que había sucedido.

Y nadie se sorprendió demasiado.

El tono de voz del Cabezón era agudo, y sus palabras, invasivas. Le hicieron recordar lo imposible que era su relación. Mientras hablaba y ella se limitaba a escuchar, mi abuela jugueteaba con una piedra que semanas atrás había encontrado de vuelta a casa el día que lo había dejado.

¿Quién le mandaría a ella coger cosas del suelo?

Su cara golpeada no era la consecuencia de un accidente, sino la clara derrota de una pelea. Quedamos para tomar café y me contó lo sucedido. Desde nuestra ruptura, según me confesó, estaba hundido y andaba buscando gresca. Su cara convertida en un mapa fue mi condena, porque seguí los hitos y al final no había tesoro. Su leyenda era incierta y su destino, desastroso. Me invadió la compasión, la pena y volví con él... ¡En qué hora!

Jamás hagas algo guiado por la compasión, Chris, es una mala consejera.

Seguimos viéndonos al mismo tiempo que yo seguía dando vueltas a mi proyecto de irme a París.

Corría mayo de 1965, abandoné mis dieciocho años y perdí mi virginidad con el comienzo de los diecinueve. En dos días, por dos momentos, perdí mi libertad y mi vida cambió radicalmente. Todo esto lo supe más tarde, rápidamente me di cuenta y corté. ¿Qué estaba haciendo? Mis planes eran irme y me acostaba con alguien a quien no quería y a quien lo único que me unía era la compasión. Tenía molestias y pensaba, aterrada, si podría estar embarazada, pero mi desconocimiento me convencía de que era imposible.

Teníamos tal ignorancia sobre la precaución y tanta falta de información que me parecía complicadísimo que dos instantes fueran igual a un hijo. En las clases de matemáticas nunca nos enseñaron esta regla. Estaba ultimando mi viaje y, para mayor garantía, me hice el análisis de la rana, típico de aquella España, para saber si estaba embarazada. Consiste en introducir la orina del paciente en una rana hembra. La orina de una mujer embarazada contiene una hormona que estimula la ovulación del animal, si la rana ponía huevos al cabo de un día, el test era positivo. No existía el Predictor, no existían las pastillas del día después ni nada que se le pareciera. Tan solo las pastillas mensuales que los médicos, por principios, no te recetaban y las farmacias no te vendían. No olvides nunca que vivía en una época antiabortista donde la mujer y sus decisiones eran lo menos importante.

Como el análisis dio negativo aceleré mi ansiado viaje.

Necesitaba salir aunque tuviera que cambiar París por Bélgica.

Mis padres no tenían dinero suficiente como para cubrir mis primeros meses en la capital francesa. Sin su ayuda, no podía emprender mi pequeña aventura. Consideraron que estaría mejor con mis tíos en Bruselas. No era algo que pudiera negociar, en aquella época eras menor de edad hasta los veintitrés años, por tanto, no tenía el poder de tomar mis propias decisiones. Resignada aunque feliz, emprendí mi viaje a Bélgica. No me resultaba nada atractivo en comparación con mi sueño, pero sin duda era una buena oportunidad para empezar de cero.

Llegué a mi destino y comprendí que no duraría mucho tiempo allí.

El ambiente en casa de mi tío era bastante penoso, su mujer era una neurótica perdida, creía que le era infiel y nos montaba escenas de celos que ni Otelo, en las que fingía desmayarse, arte que practicaba a la perfección dejándose resbalar por la pared hasta sentarse delicadamente en el suelo. Y todo ello delante de sus dos hijos pequeños, no te lo pierdas.

Comencé a trabajar con mi tío en una lavandería industrial.

Era duro, sobre todo para mí, que no estaba acostumbrada a trabajos tan sacrificados. Sin embargo, recuerdo aquel tiempo con gran ternura... Sábanas enormes y un olor a suavizante que todavía llevo impregnado en lo más profundo de mi nariz.

Colchas, edredones y mantas. Hilo, algodón y lana. Punta con punta, esquina con esquina, detergente, espalda doblada, manos húmedas, arrugas de vapor, frío, vaho y nueve horas diarias durante meses sin descanso. Mi tío Juan contribuyó todo lo que pudo a hacérmelo más fácil. Era un tipo bajito, risueño, peculiar, con una sonrisa de lado que recordaba a los actores de cine, aquellos que sin ser guapos hacían papeles atractivos. Aprendí a conocerlo mejor, conmigo fue entrañable, siempre pendiente de mí. Cada tarde, después del duro trabajo, me invitaba a merendar en una cafetería que nos obligaba forzosamente a bajar del tranvía para hacer un transbordo. No podíamos demorarnos más de unos minutos, teniendo muy presente que nos esperaba el segundo acto del drama que mi tía la Loca nos ofrecía a nuestra vuelta cada atardecer.

A los cuatro meses más o menos de estar trabajando tuvimos que hacernos un reconocimiento médico rutinario. *Mon Dieu!*, que dirían los franceses...

Estaba embarazada.

10
La boda gris

¡El análisis de la rana había fallado! Me engañó precisamente a mí, que salí de España sin sospechar el problema en el que me encontraba. Lo peor es que no podía hacer nada. Sé que suena mal, pero es la verdad. Transcurridos los primeros días, tenía muy claro que volver a casa era lo último que deseaba. Tampoco entraba en mis planes contárselo a mis padres, y abortar era un delito penado con la cárcel.

Algo había aprendido de todo esto: no volver nunca más con ningún hombre por compasión hasta el punto de terminar en la cama. Ese momento de debilidad, cuando vi al Cabezón con la cara magullada como resultado de una pelea, fue la causa de que volviéramos a vernos; dos momentos de encuentros íntimos dieron como resultado un hermoso bebé a los nueve meses.

Nada más saberlo mi barriguita empezó a hacerse notar. Ya no tenía que esconderse, fue como si supiera que ya podía dar la cara. Comencé a prepararme para esa maternidad y enseguida comprendí que había llegado el momento de abandonar la casa de mis tíos. Tuve que contárselo a mi padre, haciéndole prometer que me guardaría el secreto para que, a través de la embajada española, pudiera emanciparme y concederme la mayoría de edad, lo que me otorgaría el poder para alquilar una casa. ¿Cómo iba yo a imaginar que mi madre había escuchado la conversación por el otro teléfono?

Encontré un pequeño apartamento para mí y mi bebé, y aunque veía todos los días a mi tío en el trabajo, por las noches al llegar a casa el manto de la soledad me envolvía. Mi vida empezó a convertirse en un laberinto donde me perdía y me encontraba unas siete veces al día. Buscaba respuestas que no hallaba y aún hoy no he descubierto. Me encantaría decirte que Dedé vino a buscarme, Chris, que lancé el boceto de mi vestido de novia al aire y mientras caía al suelo nos casamos. Nada me gustaría más que decirte que nos fuimos a vivir a París, que él siguió en su clínica y yo encontré el trabajo de mis sueños. Pero mi vida no es un cuento, y si de verdad sigues con la idea de escribir este libro, has de saber que en esta historia las hadas no existen.

La noche llegó con más niebla que la memoria de mi abuela.

La Chica de Alambre volvía a casa cargada con bolsas de la compra y una prominente barriguita que asomaba por debajo de su blusa. Además, no eran bolsas de la compra como las de ahora, no, no. Bolsas pequeñas de papel marrón sin asas, por las que sobresale la barra de pan, el brócoli y unas zanahorias, ¿sabes las que te digo? De pronto vio una figura delante de la puerta de su pequeño y recién estrenado apartamento. Una sensación de miedo heló su nuca hasta que descubrió quién era. Reconoció su cara. Era él. Todas sus preguntas cogieron turno como en la charcutería y se agolparon en el mostrador de su frente. «¿Qué hace aquí? ¿Cómo me ha encontrado? ¿Qué quiere?...»

«¡Ernesto!», gritó. Y la figura se giró contestando a su mentira, pues nunca dijo su nombre.

Era el Cabezón. Vino a su encuentro y la abrazó entre bolsas y una tripita hinchada. Ella no entendía nada, estaba desconcertada y tardó en encontrar la llave. Pasados los primeros minutos de confusión, comenzó la batería de preguntas. Él no tuvo reparo en confesar que la Mujer Fantasma le había facilitado su dirección al enterarse de que su hija estaba embarazada. Entre ambos marcaron la ruta que debía seguir la Chica de Alambre en contra de la opinión de Manos de Fuego. A partir de ese momento, el Cabezón se instaló en su apartamento. Aunque por poco tiempo, ya que no le encontró más que inconvenientes; terminaron mudándose a un piso que él se encargó de buscar, una casa vieja y vacía en un barrio antiguo. Yo me la imagino oscura y sucia y de techos altos que en su día debió de albergar a familias felices pero que en ese momento era la viva imagen de la desolación. Como si la hubieran abandonado hacía años huyendo de algo o de alguien. Por todo mobiliario tenía una mesa cuadrada de patas altas y un somier. Era un séptimo sin ascensor al que la Chica de Alambre subía todos los días con su barriguita, sin aliento, escalón tras escalón. Como puedes ver, las escaleras y mi abuela nunca han sido amigas. Los problemas no se hicieron esperar y el mal carácter de ese hombre comenzó a despertar a la par que su violencia.

Después de varios días pintando las paredes de aquel antro, limpiando y convirtiendo aquella casa en algo parecido a un hogar, sola y con mi bebé revoloteando en mis entrañas, llegó la noche y con ella el Cabezón con otro intento fallido de encontrar trabajo. Voló por los aires un plato de judías blancas, el motivo es que estaban muy calientes. Cayó estrellado contra el suelo. La causa no fue la mesa de patas exageradamente altas, el olor a pintura ni el sudor de mi frente, fue su ira. Vinieron las súplicas y los arrepentimientos al día siguiente, pero esa noche la que recogió los restos del plato roto y la comida esparcida por el suelo fui yo, mientras él daba un portazo y se marchaba.

Era como agua estancada, se colaba por todas las rendijas de mi alma y apagaba mis ilusiones.

Ni le gustaba la ciudad ni encontraba trabajo. La Chica de Alambre cogió la baja por maternidad y el Cabezón aprovechó la oportunidad para convencerla de volver a España en contra de su deseo. En esta etapa, él terminó siendo el ganador y ella la vencida. Abandonó sus ilusiones, la lavandería y al tío Juan. Los sentimientos de una persona no se pueden tocar con las manos, querido lector, se tocan con el corazón, seguramente por eso el Cabezón nunca alcanzó los de mi abuela. El sueño de la Chica de Alambre de empezar de nuevo se desmoronó como un edificio derrumbándose bajo los efectos de un terremoto, y así regresó a Madrid, embarazada y con una mochila de escombros a la espalda. En un autobús pequeño con otras ocho personas que no podían permitirse pagar un avión. Fue un viaje largo y pesado para ella y su bebé, que se acomodaba en su tripita como buenamente podía.

Lo más difícil de llegar a mi casa fue ver a mi padre. Salió al pasillo y el encuentro se produjo más o menos en la mitad. Nos paramos, me cogió de los brazos, nos miramos a los ojos y vi asomar lágrimas en los suyos mientras yo agachaba la cabeza avergonzada.

Escuché su voz diciéndome: «Hija mía, qué tonta has sido».

Bajó la cabeza, seguro que no quería que viera las lágrimas, y entonces hizo lo mejor que podía hacer: abrazarme. Fue un abrazo mezcla de dolor, pena y ternura, sin reproches.

Cuando la realidad se quita la capucha es el momento de tomar decisiones, ignorar la verdad es darle una oportunidad para que te mate por la espalda. Su barriga ya no se escondía y la Mujer Fantasma, que para eso era única, se convirtió en la maestra de ceremonias. Era algo innato en ella, vocacional, podía dirigir la vida de las personas de su entorno sin necesidad de preguntar y así lo hizo.

Este es otro de los motivos por los que he llamado a mi abuela la Chica de Alambre. No por sus impresionantes piernas, sino por todas esas personas a su alrededor que la atraparon, moldearon y jugaron con ella a su antojo. Era como si cada uno de los personajes de este libro la apretara con sus manos transformando su alambre en figuras que encajaran en sus moldes.

Tanto el Cabezón como la Mujer Fantasma lo consiguieron y aquella tarde retorcieron sus sentimientos y la presionaron para casarse. Supongo que pensaban en el qué dirán, pues en aquellos tiempos quedarse embarazada sin haber pasado por el altar era motivo de murmuración, chismorreo y un pecado mortal ante la sociedad.

Además, el Cabezón comenzó a trabajar en una empresa relacionada con el Opus Dei y todo apuntaba a que si no contraían matrimonio le negarían la reincorporación a su puesto de trabajo. La Chica de Alambre seguía sin estar preparada para afrontar la situación, que terminó por desbordarla. Accedió. Se dieron el «Sí, quiero» el 26 de noviembre de 1965 en una iglesia de la calle de Alcalá, entre Las Ventas y El Carmen, dos meses antes de nacer el pequeño. Asistieron apenas algunas personas contadas con los dedos de ambas manos, la ceremonia fue triste y su vestido gris, como el color de las despedidas. Y os aseguro que esto tampoco es una metáfora.

11

Puta

Algunas personas somos como la rama de un sauce
cuanto más intentéis enderezarnos
más fuerte nos revelaremos

He buscado en todos los marcos, en los álbumes de familia, en los álbumes de familia escondidos en cajas, en las cajas que hay encima del armario, detrás de los cuadros, debajo de las baldosas del baño, hasta en el pelo de mi abuela, y ni una foto del Cabezón. Quería mucho enseñártelo porque es un personaje importante y ya que he metido medio puñado de fotos, pues una más. Y nada. Ni rastro. Cuando ha llegado mi abuela me ha preguntado que qué estaba haciendo y yo le he dicho la verdad. «No te molestes porque las rompí todas.»

Transcurrían los días. Uno, dos, tres, cuatro, cinco y así hasta completar los dos meses y tres días que pasaron desde la boda gris hasta el nacimiento del Niño Callado, el primer hijo de mi abuela y, por consiguiente, mi tío mayor.

Vino al mundo en Madrid en el Sanitario del Rosario. Era tan rubio que parecía alemán. Apenas lloraba, de hecho nació en silencio, lo que cuadra mucho con mi tío, ya que a veces ni siquiera parece de la familia.

Quiero a mi tío y con el paso de los años he llegado a

comprenderlo. Es un hombre ajeno al árbol genealógico que no viene a los cumpleaños ni a las nocheviejas. No hace regalos ni favores en general, no cuida de nadie más que de sí mismo y quiere de una forma rara.

La última vez que vino a una reunión familiar fue cuando cumplí once años. Es gracioso, envolvió un billete de 20 euros en un folio y vino a dármelo; fue la primera y última vez que me hizo un regalo. Me advirtió de que lo abriera con cuidado, pero a mí me dio tan igual que terminé rompiendo el folio y el billete. Vaya. Me dijo que no pasaba nada, pues es calmado y paciente, pero yo sé que se enfadó un poco. Desde entonces detesto que me regalen dinero, ¿hay un regalo más impersonal que un billete? Quizá no. Con once años hay cosas que no entiendes, a día de hoy creo que ese billete es la manera que encontró mi tío para demostrarme su afecto y es con lo que me quedo.

Tras el parto, la Chica de Alambre y el Cabezón pasaron unos días en casa de mis bisabuelos maternos. No fue más de una semana, en cuanto Carmen se levantó para ir al baño, su reciente marido le dijo: «Si puedes mear, puedes hacer una maleta». Como era de esperar, todo lo que vino después también fue desagradable. Consiguieron un piso alquilado en La Concepción que la Mujer Fantasma les facilitó. Era la tercera casa de la Chica de Alambre desde que se independizó de sus padres. Los muebles eran blancos, lacados y el suelo enmoquetado de azul. Ese toque hizo que pareciera una bombonera, aunque en realidad se

trataba de una hermosa cárcel. La convivencia empeoró
aún más con la llegada del Niño Callado, y el padre terminó de sacar su verdadero carácter.

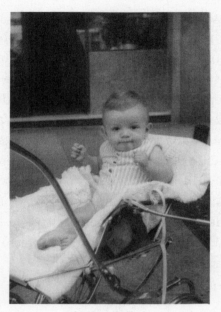

El Niño Callado.

El día antes de irse definitivamente de la casa donde
se había criado, mi pequeña abuela bromeó con Manos de
Fuego. A menudo se preguntaba cómo un hombre como
él había terminado en garras de una mujer como su madre, a fin de cuentas Manos de Fuego y la Chica de Alambre no eran tan distintos. Le contó que el amor es admiración, que en su mujer había visto algo que su hija nunca
había percibido, de la misma forma que veía en ella algo
que la Mujer Fantasma ignoraba.

—La admiración y el cuello —dijo Manos de Fuego entre risas, confesándole cuánto le gustaba el cuello de su esposa, que solía llevarlo al descubierto. Desde que besó ese cuello supo que era la mujer con la que quería compartir el vaso de los cepillos de dientes.

A la Chica de Alambre le pareció precioso y cayó en la cuenta de que el Cabezón nunca se había fijado en su cuello. El Cabezón no soportaba a las mujeres jóvenes con el pelo corto, ya que en aquellos tiempos era señal de rebeldía. Así que le pidió a su padre que se lo cortara.

Manos de Fuego cogió una silla del salón que colocó delante del lavabo.

Sus palmas templaban el agua mojando la nuca de su hija con cariño. Sujetaba las tijeras con un leve temblor. Las yemas de sus dedos eran ásperas como una toalla, pero sus gestos, profundamente delicados. Atrapaba los mechones con tanto cariño que después del corte, tras el beso del acero, estos se enredaban sobre sí mismos como un esqueje desafiando la gravedad. El pelo es el recuerdo más latente del pasado que queremos dejar atrás, en él reposa el peso de la vida, así que los mechones cayeron al suelo como quien se despoja del miedo, de la desilusión o del hambre. En su memoria, la abuela también lleva las huellas de Manos de Fuego en su cuello. Aquella tarde fue importante para ella y nunca la olvidará. También se necesitan este tipo de recuerdos para sobrevivir; aunque la nostalgia puede matarte, si sabes administrarla bien se convierte en arte.

Para la abuela, acordarse de su padre es como ir conduciendo con la radio encendida y que salte una canción de los noventa que no recordabas que existía. Te sorprendes un poco, subes el volumen y cantas el estribillo, aunque unos metros más adelante haya un túnel donde la canción se perderá y quién sabe si algún día volveréis a encontraros. Aquella fue la primera decisión que la Chica de Alambre tomó sin que nadie decidiera por ella, algo tan sencillo como cortarse el pelo con las manos quemadas de su padre. Los últimos tijeretazos sonaron como un chasquido, como unos alicates perpetrando una valla. Como si la Chica de Alambre no fuese a dejar que el resto volviera a decidir por ella.

Rota la valla, ancho es el camino.

Cuando llegó a casa, el Cabezón le dijo que parecía una puta.

El peinado que dejó su cuello al descubierto era el que se puso de moda entre las europeas en los años treinta con el sufragio universal femenino, y ya dijo Eduardo Galeano que lo que más miedo le da a un hombre es una mujer sin miedo.

Por desgracia, la España en la que me tocó vivir era una sociedad repleta de hombres como el Cabezón donde te consideraban una prostituta por cortarte el pelo o por separarte, en un mundo donde las empresas te negaban un trabajo por la misma causa.

Aproximadamente a los cuatro meses de nacer mi hijo, volví a quedarme embarazada. Mi matrimonio descarrilaba y no estaba dispuesta a que nadie, nunca más, decidiera por mí. Había despertado de la anestesia, era absurdo tratar de engañarme; emocionalmente estaba en quiebra. No acepté la idea de tener otro hijo y menos tan seguido. Por ello decidí no seguir con el embarazo y buscar a alguien que lo interrumpiera en contra de la voluntad de mi marido.

Me hablaron de un señor que se dedicaba a ello en La Elipa, en las condiciones más peligrosas que nadie pueda imaginar, sin higiene ni conocimientos y con todo tipo de riesgos, incluso a nivel legal.

El sitio era una casa lúgubre y sucia con muchas escaleras y pasillos estrechos. Me tumbé sobre la mesa, me abrieron las piernas y con un objeto metálico empezaron a rasparme por dentro. El dolor era terrorífico y aún puedo sentirlo. Lo único que lo mitigaba era saber que esa criatura no llegaría a este mundo a sufrir con un padre indeseable. Fui y volví sola, de noche y sin anestesia, ya que una vez terminada la interrupción abandonabas la casa, a pie, por ti misma. Los dolores eran intensos y se agudizaban mientras caminaba en busca de un taxi como puñaladas en el bajo vientre. Regresé a casa procurando caminar con normalidad, solo debía ponerme en contacto con el señor en caso de fiebre alta o hemorragia. Medio siglo después, recuerdo este episodio a la perfección. Lo que nunca consigo recordar es la cara del señor; la luz de la sala era mínima, solo una lámpara enfocaba la camilla donde estuve el tiempo que duró la intervención. Seguramente era así para no poder distinguirlo, todo formaba parte del ritual, nada era casual.

Hace cincuenta años era una interrupción ilegal lo que facilitaba el intrusismo de ese hombre. Aunque tras el aborto no hubo complicaciones, ni hemorragias ni infecciones, el final de esta triste historia aún no ha llegado. Estos hechos no cambiaron nuestra relación, al contrario, si se enteraban en el trabajo de que su mujer había abortado lo echarían de inmediato, así que se convirtió en un motivo más para dar rienda suelta a su violencia.

Así que inicié mis trámites de separación, reforzando el alambre, cancelando la boda gris, en el juzgado número 7 de Las Salesas en Madrid con el pelo muy corto.

La Chica de Alambre con el pelo muy corto.

12
Los guantes de boxeo

No huyas, no lo esquives, ni te escondas
conviene atravesar el dolor para
aprender de él

A la mañana siguiente, mientras el Cabezón trabajaba, la Chica de Alambre preparó una pequeña maleta con ropa de su hijo y se presentó en casa de sus padres para sorpresa de todos. Los puso al corriente de la situación y Manos de Fuego decidió que se quedaba. No había más que hablar, le daban igual los vecinos, el chismorreo, incluso la opinión de la Mujer Fantasma. A la hora de comer, sentados alrededor de la mesa, sonó el teléfono; al Cabezón aún le quedaba osadía para preguntar por qué no estaba en casa. La Chica de Alambre no solo le dijo que ya estaba *en casa* sino que se iban a separar. Su reacción no pudo ser peor: cambió la cerradura para dejarla a ella y al niño sin ropa. La Chica de Alambre formuló la denuncia en la comisaria, que pasó al juzgado esa misma noche. Una vez el juez escuchó a ambos, sentenció que la mujer debía volver al domicilio conyugal inmediatamente y permanecer ahí hasta el día siguiente, cuando su señoría firmaría el auto por el que la justicia la depositaría en casa de sus padres. De lo contrario, sería acusada de abandono del hogar.

Gracias a la amenaza de Manos de Fuego, en la que afirmó que él no creía en la justicia y que si tocaba a su hija le cortaría el cuello, aquella noche no pasó nada, excepto, para sorpresa de nuestra protagonista, que al llegar a casa descubrió que el Cabezón había vendido todos los muebles. Ni siquiera mediaron palabra. Cuando amaneció, la Chica de Alambre regresó a casa de sus padres habiendo podido recuperar parte de su ropa y enseres. El Cabezón aprovechó para comprarse un billete a Suecia con el dinero del mobiliario, abandonando así el barrio, su trabajo relacionado con el Opus y las clases de boxeo. Volvería cada cierto tiempo para ver a su hijo, tal como marcaba la ley, pero teniendo en cuenta que el bebé tenía apenas meses, nunca pernoctó fuera de casa.

¿No era surrealista?

Yo formulaba la denuncia y esa noche sí o sí debía volver a casa y dormir con mi verdugo. Accedí porque no me quedaba otra. Seguí los consejos que me daban en el juzgado con la condición de que mi hijo se quedara con mis padres y con la firme promesa de que al día siguiente podría abandonar mi casa con el beneplácito del juez.

Lo que deja claro es que las mujeres ante la ley éramos menos que un cero a la izquierda. Estábamos a merced de una legislación que era una vergüenza, una ley mediante la que el hombre podía tener amantes sin consecuencias y ejercer su poder dejándote anulada y masacrada. Tener relaciones extramatrimoniales era de machotes, si era una mujer se la podía incluso desterrar. De locos.

El Cabezón viajaba por el mundo sin billete de vuelta y eso me tranquilizaba. A pesar de tener el alma lacerada, tenía ganas de salir adelante. Saber que no me lo cruzaría en cualquier calle del barrio me daba mucha fuerza y valor para luchar. Aunque duró poco. Lucio —¡ese era su verdadero nombre!—, el *Pulpo*, comenzó de nuevo a extender sus tentáculos... El lobo se disfrazó de cordero y, mediante misivas, empezó a pedir perdón, primero a mí y después a mis padres.

—¿Qué decía?

—Decía que había sido peor que un perro mordiendo la mano del amo que le había dado de comer.

—¿Para qué?

—Para reconquistarme. Todas las cartas llegaban con el mismo tono falso de arrepentimiento. Las cartas duraron los meses que tardó en convencerme para que mi hijo y yo nos reencontráramos con él.

—No...

—Lo siento, hijo. Si pudiera volver atrás, cambiaría lo que hice, pero en aquel momento me angustiaba mucho que tu tío se criara sin su padre. ¡Qué estupidez!

—Eso te lo decía la Mujer Fantasma, ¿no? —pregunté estando casi seguro.

—Mi madre y mis remordimientos por un lado y mi padre por otro dieron la suma del empujón que me llevó hasta Suecia. Mi intuición me decía que no funcionaría y así fue. El cambio por el cambio no está en el ADN del ser humano.

Llegó la Navidad y con ella 1967. La Chica de Alambre no duró más de un mes en Estocolmo.

Los primeros días parecía haber cambiado, se mostró

generoso y arrepentido. Tenía alquilado medio piso, que compartía con una chica sueca llamada Josefina, una mujer bajita y menuda de cabellos *agirasolados*, ojos grandes y profesora. Las mujeres hicieron buenas migas y Josefina convenció a mi abuela para inscribir al Niño Callado en su colegio; ella misma sería su profesora. A Josefina le debemos este libro, sin exagerar. Pero todo a su tiempo, querido lector. El león despertó. No pasaron muchos días hasta que su comportamiento empezó a ser el de siempre. Los gritos empezaron a horrorizarlas, lo hacía de modo incontrolado, estallaba sin motivo alguno. El Cabezón era así, un ser insoportable que rayaba la crueldad con sus zarpas. No se reprimía ante la presencia de su hijo, ni de Josefina; era imposible predecir cómo se levantaría a la mañana siguiente.

Tras una semana, llegó una carta para él. El remitente era una chica de Madrid, del barrio de La Concepción. Carmen no tardó más de unos segundos en rasgar el sobre con las uñas, descubriendo su contenido. Leerla una vez no fue suficiente, tuvo que hacerlo un par, y yo, querido lector, tuve que meter la mano en el libro para cerrarle la boca.

El impacto de la lectura la dejó durante unos segundos confusa. Descubrió el verdadero cinismo del Cabezón, totalmente carente de límites morales. En la hoja descubría a una estudiante universitaria menor de edad a la que él había contado que era profesor y que en breve se trasladaría de Estocolmo a Madrid, donde pretendía encontrarse con ella para vivir juntos.

La primera idea de la Chica de Alambre fue quitarle la careta y descubrir su plan cuando volviera de trabajar, pero eso pondría en peligro su seguridad, la de su hijo y la de Josefina.

—¿Y qué hiciste?
—La escondí.
—¿Y no le dijiste nada?
—La escondí y disimulé todo lo que pude. En aquellos momentos buscaba trabajo, por tanto, lo primero era conseguir algo de dinero para volver cuanto antes con mi hijo a España. Él no debía saber nada de mis planes... —explicó mi abuela—. Era fundamental para nuestra seguridad. En los tiempos que corrían y que estaban por llegar fue mi secreto mejor guardado.
—¿No se lo contaste a nadie?
—Se lo conté a Josefina —admitió.

En momentos difíciles, cuando todo se ponía en contra, siempre he tenido la sensación de que una estrella me iluminaba en el último instante cambiando la situación a mi favor. Esta vez no fue diferente. Al día siguiente, ni uno más ni uno menos, llegó otra carta. Era un certificado con acuse de recibo, una devolución del impuesto (*skatt*) de trabajo, de cuando trabajé en la lavandería con el tío Juan. No recuerdo la cantidad, lo que sí sé es que tenía suficiente para regresar con mi hijo a España. Eso sí, no en avión, hice un viaje con transbordos y dificultades, teniendo en cuenta que no fui sola. Coincidiendo con que esa semana él trabajaba en el turno de mañana, me acerqué a la oficina de Correos a recoger mi devolución y, seguidamente, a comprar los billetes más baratos de barco. Los saqué para la semana siguiente, en la que Lucio tenía turno de noche. Los más económicos eran vía Alemania y dispondría de más horas para llevar mi plan a buen fin. Contaba los días y las horas, comencé a hacer una pequeña maleta que escondí en el armario de Josefina... Por supuesto, guardé en mi equipaje la carta de aquella joven a la que mi marido había seducido ocultándole su estado civil y su paternidad. Tenía que avisar a sus padres, pero eso sería a mi regreso.

El fin de semana antes de zarpar, unos amigos del Cabezón los invitaron a cenar. Fue una velada agradable en la que la Chica de Alambre fingía complacer constantemente tanto a su marido como al resto de sus amigos.

—Lo estás contando mal —dice mi abuela, interrumpiendo el libro.

—¡¿Por qué?!

—Porque has olvidado empezar con el dato más fundamental.

—No. Eso se llama *spoiler*, abu.

—¿Es... qué?

—*Spoiler*.

—Bueno, mira, lo cuento yo, que cada día estás peor.

Para empezar, el aborto fracasó, por lo que el embarazo seguía adelante sin yo saberlo.

Puedo parecer un tanto pretenciosa, pero en esa etapa estaba realmente atractiva, de siempre me han favorecido los embarazos. Llevaba un vestido de punto negro y tacones, y aprovechando que me había vuelto a crecer el pelo, me hice un moño italiano a lo Audrey Hepburn, una actriz de cine de los años sesenta, modelo, bailarina y activista belga de la época dorada de Hollywood. Me caían unos mechones a los lados de la cara y un flequillo sobre la frente que agrandaba mi mirada. Aquella noche todo el mundo me agasajó y me llenó de lisonjas, incluidos los anfitriones de aquella reunión. Lo que empezó siendo una cena de amigos terminó en tensión. Uno de los temas de sobremesa que salieron fue el primer beso de todos nosotros. Éramos unas doce personas y cada uno contó su experiencia de una forma libre y entre risas. Cuando me tocó a mí, saqué una foto que llevaba siempre en el bolso, la misma que me mandó Dedé en su primera carta, la que estrujé contra mi pecho y aún me recordaba los tiempos en los que creía en el amor. Les conté la historia del Francesito, lo torpe que había sido mi primer beso, como el de todos, y nos reímos entre copas, humo y anécdotas. A mi lado estaba el Cabezón con los ojos inyectados en sangre. Cuando contó la anécdota de su primer beso resultó que era yo. Qué lástima me dio.

Esa noche al llegar a casa, Lucio, *el Cabezón* o como lo quieras llamar, comenzó a insultarme con un ataque de celos totalmente infundados acusándome de coquetear con su amigo. Me agarró del pelo arrancándome el bolso del hombro y haciendo pedazos la foto de Dedé. Los golpes no faltaron, aunque esa noche y sin mediar palabra incorporó una novedad: sus guantes de boxeo. Acolchó sus garras y se quitó la ropa, quedándose en calzoncillos, quizá así pensaba que era más profesional. Me golpeó sin compasión. Yo trataba de protegerme sobre todo la tripa y la cara, pero él sabía cómo pegar sin dejar marcas. Esa noche la dueña de la casa no vino a dormir. Por la mañana, yo seguía tirada en el suelo entre cristales. Él se fue a trabajar sin decir nada porque debió de parecerle de lo más normal. Afortunadamente para mí se fue y, cuando llegó Josefina, quien cuidaba de mi hijo en el colegio, me ayudó a levantarme mientras le contaba lo ocurrido.

Había que darse prisa. Me metió rápidamente en su coche y me llevó al Hospital Karolinska. La situación era tan crítica que a duras penas pude llegar a la habitación. Me tumbaron en la cama, no tuve tiempo de llegar al paritorio: un empujoncito y el niño cayó sobre la cama. Así, sin más. Respirando aún, con la frente fruncida y un gesto entre el dolor y la sorpresa. Así lo definiría yo. Y seguramente preguntándose: «¿Por qué?».

Fue tanto el daño que no puedo ponerle palabras, Chris.

No entendía cómo me podía pasar algo así... La matrona que se encontraba en la habitación lo envolvió en una toalla. El bebé apenas respiraba. Ella rezó una oración y le puso el nombre de David, a petición mía. Su padre odiaba ese nombre por lo que representaba; admiraba a los nazis y odiaba a los judíos por encima de todo. Y yo sabía que cuando su empresa del Opus viera ese nombre en el libro de familia no volverían a contratarlo nunca más.

Consiguieron cortar el sangrado y, tras pasar la noche en el hospital, pedí el alta voluntaria. Me mandaron reposo, una analítica que nunca llegué a hacerme y unas dosis de fuerza para enfrentar el duelo. Josefina fue valiente, mucho, y seguro que me faltan años para recordarla y agradecerle todo lo que hicieron por mí ella y su familia. Cuando me recogió del hospital me llevó directamente a casa de sus padres, donde me esperaba mi hijo y la maleta que escondíamos en su armario para que el boxeador frustrado no la encontrara. Su familia era fantástica: su padre era un alto cargo de la aviación, su madre era ama de casa. También tenía un hermano pequeño. Entre todos consiguieron levantarme un poco el ánimo. Pasé la noche de Navidad fuera de mi casa, con mi hijo a punto de cumplir un año y una mirada muy perdida. No quedaba mucho tiempo. Deseaba con todas mis fuerzas que mi pequeño soplara su primera vela junto a sus abuelos. En unas horas debía estar preparada, pues el barco estaría listo para zarpar.

Josefina era la única que conocía mis planes. No quise contárselo a sus padres ni a su hermano para evitar que el Cabezón contactara con ellos y formara un escándalo por haberme acogido. Tampoco les conté que iba a convertirme en una fugitiva. No deseaba comprometerlos y traté por todos los medios de que así fuera.

Del taxi al barco, en una noche gélida donde las haya, el frío me penetraba el tuétano. No había dormido nada, a la espera de llegar a nuestro destino. Si algo me compensaba era saber que estaba a punto de conseguir escapar de mi verdugo. Me recreaba, no sin cierta maldad, imaginando la cara que se le quedaría al pensar cómo habría conseguido huir de un peligro como él de una manera tan precipitada.

Lo había logrado.

Llegamos a nuestro destino, sin apenas luz, un cielo negro y unos nubarrones que me recordaron a *Cumbres Borrascosas*, de Emily Brontë, quien murió joven y dejó escrito tan solo un libro. Mi pequeño estaba agotado y, lo peor, con anginas y fiebre alta. En mi caso, el agotamiento quedaba encubierto por la emoción de sentirme liberada. Tras el barco, llegamos a Alemania y tomamos un tren que nos dejó en París.

La casa de mis sueños y un viejo refugio, conocía el lugar perfecto donde escondernos.

13
Busca y captura

Cuando escribo sobre mi abuela
la muerte se acobarda

Hay 168 lunas en el sistema solar. Hace poco han descubierto la última, una que gira alrededor del planeta rojo. Marte, dios de la guerra, tiene su propio satélite natural. Este gira a su alrededor y por su fuerza gravitatoria está lleno de estrías. Me recuerda a esas convivencias forzosas en las que un miembro de la pareja envejece cediendo ante todas las decisiones del otro, cuando yo creo que el amor es escoger juntos sin que uno domine al otro. Si esto sigue así, la luna con estrías pasará a ser un anillo de Marte. Suerte que la abuela no dejó que el Cabezón la disolviera a lo largo de una vida lenta y sumisa tras una alianza. Lo que me hace pensar que las historias tienen dos momentos: cuando ocurren, que pueden llegar a ser desgarradoras, y cuando ya han sucedido, que pueden ser muy sabias.

Llegaron a París. La ciudad que desde muy joven la removía convulsionando sus cimientos de arriba abajo y de abajo arriba. La Chica de Alambre bajó a su hijo del tren y, cuando se volvió tras coger el equipaje, el pequeño ya no estaba. Le dio un vuelco el corazón. Afortunadamente, avanzó hacia la salida buscándolo y lo vio caminando hacia atrás, sin tocar las rayas del suelo, deshaciendo el camino que había andado y que lo separaba de ella. A pesar de que tenía bastante fiebre, permanecía serio y en silencio, como si realmente supiera adónde se dirigía. Fíjate bien, lector, su seguridad es inquietante.

Sin reponerse del susto, mi abuela buscó un taxi que los llevara a la avenida Victor Hugo, donde había un viejo refugio para la Chica de Alambre: el hotel donde se había hospedado años atrás cuando había ido a buscar al Francesito. Era pequeño y barato, justo lo que necesitaba en ese momento para meter a su hijo en la cama y atenderlo. Esperó a que se durmiera para llamar a sus padres, pero nadie cogió el teléfono. Pasó al plan B y llamó a Maite, la amiga con la que había intentado ligar el Cabezón, con la esperanza de que estuviera en París o hubiera vuelto a España.

Respondió desde España. Le explicó por encima la situación y quedaron en que fuera a recogerla a la estación dos días más tarde, cuando llegara a Madrid. Tenía que esperar al menos a que bajara la fiebre del niño. Pasaron 48 horas y subieron al último tren. Todavía no se creía que estuviera escapando del infierno, un infierno que le había costado sangre, lágrimas y una vida inocente.

Una vez llegó a casa de sus padres pudo ocuparse mejor del Niño Callado y descansar. Necesitaba reponer fuerzas y pensar cuáles serían sus siguientes pasos antes de que sus padres llegaran de vacaciones:

1. Localizar a la menor.
2. Ver a un abogado.

A la Chica de Alambre no le fue difícil conseguir la dirección de la muchacha porque había guardado el sobre con la carta, así que concertó una cita al día siguiente, previa llamada. Entonces tenía veintidós años y una fuerza para afrontarlo todo increíble. Traspasó las puertas del miedo, recolocó su cabeza como pudo y echó sus pies al suelo.

La recibió el padre de la chica, un señor de unos cincuenta años, de aspecto tradicional, menudo y serio, pues la ocasión no era para menos, con un gesto de asombro que lo acompañó durante toda la conversación.

A pesar de su juventud, la Chica de Alambre acudió sola. Era un momento difícil y estaba a punto de hacer un daño irreparable a personas a las que ni siquiera conocía, aunque sabía que estaba haciendo lo correcto y con el tiempo pensarían como ella. Los puso al corriente de la situación, de cómo se había enterado, de la relación que tenía su hija con el Cabezón, un hombre casado que seguía siendo su marido, padre de dos hijos, uno vivo y otro muerto.

En ningún momento la guiaba el interés por el Cabezón, su siguiente paso era la separación definitiva, pero teniendo en cuenta las circunstancias que rodeaban la historia, pensó que en aquella familia debían saberlo. Estaba harta de ser una chica en manos del viento, moldeada por decisiones, aciertos y errores ajenos. La visita terminó con agradecimientos del señor y su compromiso de cortar por lo sano. Cerró la puerta de la casa con la sensación de volar, con la sensación que se siente cuando actúas con el corazón.

Después la vida siguió, aunque no queramos siempre sigue, y envuelta en esta historia encontró a un abogado. Un señor calvo de ideas brillantes. Acordaron codo con codo los pasos a seguir y comenzó su trabajo más urgente: separarse y presentar la demanda de divorcio para recuperar su libertad. Entre papeles, ideas y esfuerzo empezaron los trámites de separación mientras el Cabezón seguía en Suecia, aunque no por mucho tiempo.

Aprovechó que aún no había regresado y visitó la casa de los abuelos paternos de su hijo para que pudieran estar con su nieto e informarlos de todo. Los padres del Cabezón veían al Niño Callado asiduamente, por las tardes solían bajar al parque con él, donde jugaba en compañía de otros niños. No hablaba, ni lloraba, ni nada, pero jugaba y se reía. Ya era bastante. En su interior, esos abuelos albergaban la esperanza de que la pareja volviera, pero con el tiempo se fueron convenciendo de lo contrario y su actitud cambió radicalmente.

El abogado trabajaba rápido y no tardó en conseguir las medidas provisionales que permitían a Carmen abandonar la convivencia con el Cabezón y alojarse en casa de sus padres con su hijo. Recordemos que él tenía un régimen de visitas otorgado por el juez y no tardaría en regresar. Estaba tan segura de que cuando volviera iría a por ella que su abogado le aconsejó cómo debía actuar si la agredía física o verbalmente.

Realmente lo que más inquietaba a la Chica de Alambre era que se llevara al niño y no lo devolviera. Aconsejado por su abogado, él puso en práctica un plan muy sucio. Ese abogado era todo un personaje, además de letrado, militar y de mentalidad castrense. No era azar, había buscado a la persona idónea para sus fines, alguien que pensara que la mujer tenía que estar en casa con la pata quebrada a merced de lo que quisiera el hombre. Tenía un poco más de pelo, era más retorcido y conseguía sus fines utilizando todo tipo de argucias sin ningún tipo de ética.

En una de esas noches en las que Madrid se queda sin estrellas y parece que el mundo está callado, el Cabezón se abalanzó sobre la Chica de Alambre cuando esta salía del portal de corte medieval. Apareció con la cara roja y los puños llenos de rabia; ella consiguió zafarse al grito de «¡Ayuda!» y él no tardó en comenzar a perseguirla insultándola. La Chica de Alambre se quitó los zapatos bien limpios en plena carrera y comenzó a trotar como una yegua sin riendas sobre el asfalto, con esas piernas de alambre que hacían saltar chispas con cada brinco, capaces de llevarla lejos de las garras de su captor. Corrió lo más rápido que pudo en dirección a la comisaría más cercana, pero nuestro antagonista agarró su blusa y la zarandeó por los aires y después contra el suelo. De repente apareció Manos de Fuego. Mi bisabuelo se tiró contra él como el padre que protege a su hija, en una pelea brutal que sonaba a hueso y piedra. La Chica de Alambre no se quedó mirando, se levantó untando saliva en sus rodillas machacadas y siguió corriendo hacia la comisaría para ayudar a un padre que terminó con los ojos humedecidos y el labio partido.

Formuló la denuncia descalza y a gritos, con un chorretón de sangre en cada rodilla que pintaba sus piernas. La policía no tardó en correr unos metros atrás siguiendo la voz de mi abuela.

Ambos llegaron a comisaría esposados, el Cabezón con una sonrisa cínica afilada como una hoz y Manos de Fuego derrotado. Esperaron en una sala abarrotada de silencio, tensión y rabia por parte de los tres y les tomaron declaración uno a uno. La Mujer Fantasma estaba con el Niño Callado en casa, y no se podían ni imaginar lo que estaba a punto de suceder.

Cuando el comisario salió de su despacho, tras una breve pausa y una pequeña tos de hospital, dijo: «La chica pasa a disposición judicial». Un grito ahogado de Carmen inundó la sala y su padre se llevó las manos a la cara ocultando su mirada.

La policía tenía que comunicarle al juez que estaba retenida a su disposición hasta que él decidiera, mientras tanto, acabó en la cárcel de mujeres de Carabanchel. El Cabezón no tardó en regodearse mientras esposaban a la Chica de Alambre entre gritos y patadas, pues había sido él quien la había denunciado por fugitiva desde que lo había abandonado, y desde entonces estaba en busca y captura. La maniataron, doblegaron su cabeza en el furgón y consiguieron que llorara en silencio. La furgoneta se perdió en la oscuridad con la mirada rota de mi abuela en lo que Manos de Fuego sufría un infarto.

13.2
Los martes vuelvo a casa

Los martes vuelvo a casa. Saco el bonobús. Cojo el 643.
Me encuentro con viejos amigos que siguen viviendo en
el pueblo que nos empujó a crecer. El que adoro y detesto
a partes iguales. Nos reímos de lo que siempre nos reímos. Me preguntan por «lo de los libros». Frío en la nariz.
Como con la abuela. Andrés Suárez da un concierto en la
cocina. Tomamos café porque mientras estamos juntos no
queremos cerrar los ojos —es lo que tiene quererse—. Es-
cucho su historia, me cuenta su historia, escribimos la
historia. Merendamos café y pipas. Vemos la televisión
mientras tiro del chicle que sujeta entre los dientes, expri-
miendo palabras, anécdotas y personajes para recordarla
cuando ella ya no esté y dejarla en la Biblioteca X. No
quiero asustarte, pero pronto empieza la guerra.

Cuando se me saltaron las lágrimas la abuela se levantó del sofá como pudo para abrazarme y reírse de mi
pena, que es lo que le gusta hacer con ella. Los últimos
capítulos me han afectado un poco hasta el punto de plan-
tearme si realmente es necesario contar esta historia. Pero
no es nada nuevo, ni con el primer libro que me sucede, es
parte del proceso creativo, a veces cuesta seguir, te inte-

rrogas a ti mismo y te conviertes en tu mejor enemigo. Hay que aprender a no perseguirse. A cuestionarse un poco menos. Cuando todo te parezca una locura es cuando tienes que sacar fuerzas de flaqueza para seguir. Eso es algo que también he aprendido de mi abuela, que aprovechó este respiro para contarme una cosa que le pasó el otro día en el banco, como diría ella, para desengrasar, y arrancarme una sonrisa sin piedad. No sin antes decirme que ni si me ocurriera poner esto en el libro. Claro que…

Te voy a contar una cosa para que te rías, ¿vale? Pero no se la cuentes a nadie, por favor. El otro día fui al banco y me meé. Me meé en el cajero automático. Menos mal que no había nadie, ¿eh? ¡Si llega a haber alguien me muero!, que ese cajero siempre está lleno. Quería ver los movimientos y sacar algo de dinero, metí la cartilla en el Bankia y cuando le doy a aceptar, porque esto mío es exprés..., pues automáticamente noté que me estaba empezando a caer el pis, y una vez que empieza ya no puedo parar. Y entonces me meé toda. En el banco. Pero ¡un charco! ¡Y un círculo! Ahora en serio, ¿eh?, pues tendría... sus cuarenta centímetros. Te lo juro, te lo juro. Y yo decía: «¡Madre mía, como entre alguien y me vea ahora y yo de pie y todo el pis alrededor de mí». Y no podía sacar la cartilla porque estaba viendo lo de los movimientos, y dije: «Bueno, pues doy a salida urgente, saco la cartilla, y me voy sin el dinero porque como entre alguien es que me muero, vamos. Y así si ven el charco pensarán que ha sido alguien que ha venido con un perro». Saqué la cartilla en cuanto pude, salí fuera del banco y entonces me doy cuenta... «¡Anda! He hecho pis como los hombres, para un lado.» Tenía todo el lado derecho encharcado, todo. Y eso te quería yo contar, pero no se lo cuentes a nadie, ¿eh? Que te desheredo.

Al final nos reímos un cuarto de hora.

Después terminó *Pasapalabra* y nadie se llevó el bote pero yo me di cuenta de que soy rico. Porque la abuela sigue aquí, al otro lado del puente que hay entre nuestras miradas que no se juzgan, cruzando el salón de punta a punta. Y nada es increíble pero todo merece la pena.

Porque es martes. Y los martes vuelvo a casa.

(Poco tiempo después, entre lo cotidiano y lo desagradable, le dijeron que tenía la vejiga descolgada y que empezaría a hacerse pis a cualquier hora y en cualquier momento. De golpe y de repente. Dondesea. Así que la han operado y ahora una malla sostiene su vejiga.)

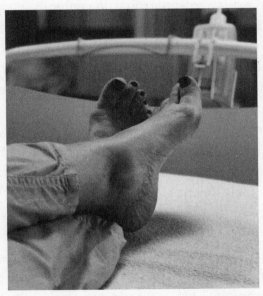

Le he traído una revista y mi manta de estrellas.
Todo ha salido bien y mañana nos vamos.

14

La Ley de Vagos y Maleantes

Para escribir hay que cerrar
los ojos

Tras dos semanas de descanso, me subí a lomos del martes y volví a casa.

Comimos, fregamos a medias y compartimos café y pipas.

Algo me dice que este libro engorda. Seguimos con la historia desde su sofá marrón y una coronilla despeinada. Belén Esteban habla de su boda mientras mi abuela escarba en su memoria, y digo escarbar porque muchos de sus recuerdos son basura y nosotros reciclamos.

—¿Me estás diciendo que has estado en la cárcel? —pregunté sorprendido.

—Pues sí.

—Y ¿cómo es que no me lo habías contado antes?

—Pues no sé, hijo, no es algo de lo que vaya presumiendo. «Hola, buenas tardes, me llamo Carmen y estuve en la cárcel...»

—Ya. Bueno, es verdad. Pero en todos estos años es un pequeño detalle que igual, no sé, habría estado bien saber.

—Pues mira, ya lo sabes.

—Y ¿cómo es? Quiero decir, ¿hay peleas, droga, monos amarillos y celadores corruptos?

—Pues mira, no. Siento decepcionarte, pero guardo un recuerdo maravilloso de la cárcel.

—¿En serio?

—Y tanto. Además, ten en cuenta que la cárcel de entonces no es como la cárcel de ahora.

—Y ¿cómo fue? —pregunté mordiéndome una uña.

Pasé la noche en el calabozo y a la mañana siguiente ingresé en prisión sin pasar por el juzgado. Cuando llegué, me tomaron declaración y me sacaron unas fotos. Entré con mi ropa, nada de monos amarillos como en las películas que te gustan a ti. Los cuatro primeros días te metían en aislamiento y no tenías contacto con nadie. Había un colchón de medio centímetro sobre unos muelles oxidados y un retrete a los pies, sucísimo. Eso en unos cinco metros cuadrados, y creo que te estoy regalando uno. Comía en una bandeja de plástico, con cubiertos de plástico, y se podría decir que la comida, que me pasaban dos veces al día por un agujero que había bajo la puerta, era de plástico. Transcurrido el tiempo de iniciación, como lo llamaban ellos, te metían en una celda compartida. Allí te asignaban una función: a mí me tocó pelar patatas. La primera impresión es imborrable: paredes sucias, sin ningún sitio donde poder apoyarte, un hedor repulsivo que te impedía respirar y una puerta pesada de hierro viejo que producía un ruido estruendoso cada vez que se abría y se cerraba... A pesar de ello, mi estancia en la cárcel fue constructiva. De todo se aprende, y conocer a personas tan dispares me enseñó que detrás de cada mujer había una historia, la mayoría de ellas desgarradoras, pues esas mujeres eran víctimas de sus circunstancias y de una sociedad que de antemano las condenaba por la Ley de Vagos y Maleantes.

—¿Qué es eso? —pregunté mordiéndome otra uña.

La Ley de Vagos y Maleantes fue una ley penal que se aprobó el 4 de agosto de 1933 durante la Segunda República. Se les aplicaba a los vagabundos, nómadas, proxenetas y demás personas de conductas que se definían como antisociales. Posteriormente, durante la dictadura franquista, se modificó para reprimir a los homosexuales, a las prostitutas y a las mujeres que escapaban con sus hijos a cuestas de un marido maltratador. Generalmente, la condena era de tres meses, aunque frecuentemente, transcurrido ese tiempo, algunos salían por la tarde y entraban de nuevo por la mañana.

—Entonces... estuviste en la cárcel, saliste, ¿y te volvieron a detener?
—No. Oye, no te me adelantes, que si no no te lo cuento. Estuve en la cárcel un mes.

Me miraban con cierta curiosidad, creo que desentonaba bastante en el ambiente que se respiraba en el centro penitenciario. No por ello fueron agresivas conmigo, todo lo contrario, nunca dejaron de ser cariñosas. Es cierto que entre ellas hablaban con un lenguaje un tanto abrupto...

—¡¿«Un lenguaje un tanto abrupto»?! —pregunté entre uñas y risas.
—Pues sí, hijo, de manera ordinaria y a gritos...

—¿Qué se decían? —desafié a mi abuela a que reprodujera las palabrotas.

—¿Qué es lo que quieres, que te repita las barbaridades, no?

—¡Sí!

—Pues no me da la gana. —Y tras una pausa, confesó—: «¡Hija de puta! ¡Coño!». Y esas cosas, ya sabes.

—Y ¿tenían motes?

—Algunas sí, claro, se conocían de entrar y salir continuamente. Había rivalidades, encaramientos, celos..., pero bueno, digo yo, ¿me dejas seguir con la historia?

—¿Qué motes?

—Ay, hijo, yo ya no me acuerdo. ¿Tú te crees que tengo yo la cabeza para acordarme de esas cosas?

Pero sí se acercaban a mí para preguntarme por qué, qué hacía yo allí... Además, lo hacían de manera cauta y con cierta timidez. No tengo malos recuerdos de las presas con las que estuve, qué va. Durante el mes que duró mi cautiverio me sentí querida, y lo que era y es más importante para mí, a esas y estas alturas: respetada. Toma nota.

Compartí celda con una chica llamada Alicia, algo más joven que yo. Es con quien tuve más relación. Era temerosa, asustadiza y estaba muy acobardada por la situación que vivía. Procuré animarla y me contó su historia, mucho más trágica que la mía.

Era una muchacha de ojos grandes, pelo rubio y una bonita figura. En su mirada se entrelazaba el miedo que había pasado. Al parecer, su madre había muerto hacía años, dejándolas a ella y a su hermana pequeña a merced de un padre desalmado. Era un violador que abusaba de ambas. La mayor preocupación de Alicia era su hermana. Cuando observó que su padre comenzaba a poner sus asquerosos ojos sobre ella, tuvo el valor suficiente para denunciarlo. Después huyó de su casa, abandonándola por miedo. En venganza, su padre la denunció y Alicia acabó en prisión. La detuvieron una noche en la calle ejerciendo la profesión más antigua del mundo: la prostitución.

Salió de la cárcel un poco antes que yo y nos volvimos a encontrar al cabo de unos años. Teníamos vidas diferentes, pero la recordaba con cariño y me gustó verla. Me contó, con ojos esperanzados, que su padre estaba en la cárcel gracias a la misma jueza que me liberó a mí, una señora bajita como yo, con unas gafas grandes que terminaría metiéndose en política para cuidar la ciudad de Madrid.

—Oye, y ¿qué pasó con Manos de Fuego?
—A eso iba.

Mis padres fueron a verme en cuanto autorizaron la visita. En aquel momento, se podía llevar comida, pero además me trajeron ropa, cosas de aseo y algo de dinero. Cuando pude ver a mi padre me emocioné, no nos dejaban tocarnos, nos separaba un cristal y un teléfono, puse mi mano en la mampara y él correspondió al gesto.

Recuerda que cuando me metieron en el calabozo vi cómo sufría un ataque al corazón y no me dejaron saber nada de él hasta ese momento. Había perdido peso y tenía la mirada hundida bajo unas canas en las que no había reparado antes. Manos ennegrecidas como el agua de fregar y puntos de sutura en el labio. Era como si en aquellas dos semanas hubiera envejecido diez años. Aunque ellos se esforzaron en asegurarme que todo estaba bien. Aproveché para contarles lo sucedido en Suecia con el Cabezón, y mi madre, incapaz de pedirme perdón por sus presiones ni por la manera que tuvo de organizarme la vida, me dijo que mi hijo me echaba de menos y que hiciera todo lo posible por volver pronto a casa.

La tarde en la que salí de prisión vino mi padre a recogerme.

Abracé a mi hijo y volví a mi antigua empresa de publicidad, la misma de la que me había despedido para casarme. Siempre me dejaron claro que si algún día necesitaba volver lo hiciera sin dudarlo. Basándome en estas palabras, nada más reponerme del parto prematuro y salir de la cárcel, me presenté en la plaza de Salamanca, donde me reencontré con Marisa y Andrés, la chica que me ayudaba a traducir las cartas de Dedé y el chico que diseñó mi vestido de novia. Naturalmente, mi puesto estaba ocupado, pero no fue problema, pues pasé a ser la secretaria de un nuevo director de marketing, un hombre encantador que había empezado en la empresa al poco tiempo de irme yo. Fue muy gratificante.

El día antes de reincorporarme subí al último piso, donde estaba su estudio. Era un despacho diáfano y abuhardillado repleto de planos y caballetes. Allí dibujaba y maquetaba las campañas de prensa y revistas. Mi empresa vendía estrategias de marketing para grandes marcas, como por ejemplo Jijona, la de los turrones. Allí estaba él, un señor bajito, muy delgado, de mirada pequeña y sonrisa amplia. Cada vez que se encargaba de los dibujos de la campaña en cuestión las ventas subían como la espuma y recibía felicitaciones de todos sus compañeros, incluida yo. Me sacaba catorce años y lo llamábamos la Mano Derecha de Dios. Tu abuelo, Chris, tu abuelo.

—Pues no me parezco en nada a él, ¿no?

—En las manos.

—¡Pero si yo tengo las manos horribles! Pequeñas y gordas... —reconocí mirándolas.

—Es verdad, quizá él tenía el dedo más largo. Y no se mordía las uñas.

15

La Mano Derecha de Dios

Ni al amor ni al campo se les pueden
poner cerrojos

Nunca conocí a mi abuelo. No sé si tocaba el violín, le gustaban las aceitunas o era idiota. Ni idea de cuántos minutos estrellaba contra un lienzo al día, si leía, hizo la mili o zurcía calcetines. Puede que fuera más de gatos que de perros y más de perros que de personas. Igual tenía un dominó o un huerto. Puede que construyera pajareras, amasara esculturas de barro o pintara un caballo azul. A lo mejor aplastaba con el dedo las miguitas de pan que quedaban sobre el mantel, coleccionaba monedas o las robaba. Quizá fuera un ladrón. Un artista. Un cabrón. O puede incluso que las tres cosas. Yo soy de los que piensan que podemos ser muchas cosas en esta vida, no descartes nada. Igual de pequeño enfrascaba grillos, perdía a las canicas o tenía un telescopio desde el que veía Urano. No dejó fotos, así que ni siquiera puedo entrever si se quedaría calvo.

Pero sé tres cosas.

Una es que dibujaba bien.

Otra es que se enamoró de mi abuela.

Y la última es que se escaparon.

Durante el mes que mi abuela estuvo en la cárcel, Manos de Fuego y la Mujer Fantasma se ocuparon del Niño Callado. En ese sentido, estuvo totalmente tranquila, pues sabía que lo adoraban, ya que era su primer nieto. Tras su ingreso en prisión, el Cabezón regresó a Suecia, donde tenía un trabajo estable y medio puñado más de amantes. Sus padres, es decir, los abuelos paternos del Niño Callado, se encargaban de cuidar de él los días que le correspondía al Cabezón. Igual por eso cada vez me parezco más a mi tío, al fin y al cabo fuimos niños criados por abuelos.

Manos de Fuego solía pasear por el barrio con el pequeño, repitiendo las diminutas palabras que empezó a aprender el Niño Callado. Los pájaros serían «pipis», los perros, «guauguaus», y el abuelito, «papá». La gente les decía que el pequeño parecía todo un caballero caminando de su mano, rubio, serio y recto, con la mirada al frente y unos ojos tristes capaces de fundir el arcoíris. Manos de Fuego había dejado su empleo, el infarto lo retiró del mundo laboral y su cardiólogo le recomendó que descansara seis meses. Poco después, la Mujer Fantasma lo convenció para no volver nunca más al trabajo.

La Chica de Alambre matriculó a su hijo en una guardería de la zona para recomenzar en su antigua empresa. Todo era igual menos ella. Y a su lado, un hombre despeinado con un pincel entre los dientes y metas que superaba mes a mes. Según mi abuela, era todo un seductor, jugaba con las palabras y los sentimientos como un malabarista en el Retiro. Ojos negros como túneles y una sonrisa siempre abierta, excepto cuando estaba concentrado, cuando se esforzaba apretaba la lengua contra los labios. A pesar de su corta estatura, hechizaba a cada persona que lo conocía, y mi abuela no fue la excepción. Tenía la capacidad de emocionar y la utilizaba a placer para meterse a la gente en el bolsillo, como el que resguarda sus manos en una gabardina. Congelaba el mundo cuando le venía en gana, como mi abuela en este libro; lo colocaba todo en su sitio y apretaba el botón que hace que todo siga funcionando. Además, solía tener el tiempo de su lado porque guardaba un reloj en el bolsillo de su corazón.

Su conquista comenzó con una rosa roja y tres bombones sobre las teclas de la máquina de escribir de la Chica de Alambre. Después, una invitación para tomar café, otra para comer, unas entradas para el cine y un boceto de su espalda. Era espléndido con todo el mundo, generoso en demasía y cercano de una manera respetuosa. A la flor y los bombones los sucedieron las palabras y los encuentros. Comían juntos cada día, trabajaban juntos, dormían juntos cuando podían, salían con el Niño Callado a pasear y así la historia entre la Chica de Alambre y la Mano Derecha de Dios se fue forjando hasta hacerse fuerte. Sería injusto no reconocer que a ella le costó abrir la puerta y aprender a volar de nuevo, aunque lo consiguió, porque ni al amor ni al campo se les pueden poner cerrojos.

De las escasas anécdotas que me ha contado mi abuela (pues es como un calcetín, cuando tiene que recordarlo se dobla hacia dentro y se bloquea), me quedo con el estreno de *Bonnie y Clyde*. Zapatos bien limpios, pelo reluciente y una felicidad de estas que dices «qué asco». En esos momentos, ya se llevaban las palomitas, así que compraron un par de bolsas, unos refrescos y después de entrar en la sala del cine se sentaron al fondo a la izquierda. Ya sabes.

El atracador de bancos Clyde acaba de conocer a Bonnie Parker, una inocente camarera harta de su vida anterior. Bonnie comienza a imaginar cómo sería su vida al lado de Clyde, una vida llena de aventuras, alejada de la rutina y de su pasado. Los dos comparten el deseo de vivir experiencias nuevas y se sienten atraídos el uno por el otro desde el primer instante. Desde ese momento, deciden cambiar el rumbo de sus vidas y tomar el camino de los crímenes y la delincuencia. Se escapan juntos y comienzan a recorrer Norteamérica ridiculizando a las autoridades y convirtiéndose en fugitivos, lo que los lleva a ganarse la simpatía de la población.

La Mano Derecha de Dios cogió la mano de la Chica de Alambre y comenzó a besar las yemas de sus dedos, mientras ella pensaba en la mejor manera de huir del mundo.

Terminaron la película profundamente desnudos, sobre una cama deshecha, con los ojos húmedos y el amor salpicado.

Y después desaparecieron.

16
La Isla

Hay cosas que salen mejor cuando estás enamorado,
como montar en bici, comer helado y follar

En otro trozo del mundo, en una ciudad llena de parques, jardines y canales, un hombre con la cabeza muy grande deja un polvo a medias porque se entera de que su exmujer ha salido de la cárcel. Llena su maleta de trajes, cuchillas de afeitar y una red de acero para cazar a su presa y después coge un avión. Una mujer a la que no conocemos de nada se queda desnuda entre las plumas de un edredón blanco en Estocolmo, unos billetes encima de la mesa y un portazo. Aunque estuvieran separados y él se acostara con quien quisiera, nuestro antagonista no aceptará jamás la libertad de la Chica de Alambre, y menos que esté con otro hombre.

Todos sabían que en cualquier momento podía aparecer, extender su red con la ayuda de su malvado abogado y apretar cortando la libertad de mi abuela como si fuera mantequilla. Por eso la Mano Derecha de Dios y ella contemplaron el traslado. La libertad tenía un precio y el de ellos era escapar. Ni el Cabezón ni la «justicia» podían enterarse de que mi abuela tenía otra relación sentimental después de separarse. En esos tiempos, era lo peor que podía hacer una mujer. Apenas habían transcurrido unos meses, pero si además de separarte pretendías continuar con tu vida, eras una indigna. Además, por la misma razón, podían quitarte la custodia de tus hijos. A partir de entonces se convirtieron en dos fugitivos, como Bonnie y Clyde. La Chica de Alambre vivía en un carnaval constante, rodeada de gente enmascarada, hasta el punto de no reconocer quién era quién. Cada cierto tiempo había un cambio de pareja, a la que tenía que sobrevivir; claro que nunca sabía con quién le iba a tocar. Después de muchas vueltas, dio con Javier, mi abuelo; decidieron ir al baño, cambiar su disfraz por un traje de camuflaje y escapar de la fiesta por el subsuelo mientras el resto bebía, bailaba y cambiaba de pareja, creyéndose su propio disfraz.

Comenzaron a buscar un lugar seguro donde empezar una nueva vida. Por aquel entonces, mi abuela soñaba con tener una hija, pero debían ser cautos, eso podía costarle la tutela del Niño Callado y ese era un precio que no estaba dispuesta a pagar. Debían irse sin que nadie supiera nada, tan solo sus padres.

La Mano Derecha de Dios inició negociaciones con la empresa para encontrar un puesto en la delegación de Canarias, concretamente en Las Palmas. Pensaron que La Isla era un buen lugar donde naufragar. La Chica de Alambre tardó algo más de dos meses en abandonar de nuevo su trabajo para que nadie pudiera hilvanar una marcha con la otra.

Cogió un avión al tiempo que el Cabezón aterrizó en Madrid.

Cómo sería la vida que había dos pantallas en la terminal: en una de ellas estaban las llegadas Madrid-Estocolmo y en la otra las salidas Madrid-Las Palmas. Ella pudo verlo antes de taparse la cara con unos mechones de pelo, y él, cegado por su rabia, no se dio cuenta. Así fue como la Chica de Alambre esquivó al cazador llevándose a su hijo consigo. El Cabezón tardó en enterarse lo que tardo yo en poner un punto. La Mano Derecha de Dios los recibió en el aeropuerto y de allí fueron al hotel, donde se hospedaron hasta que localizaron una vivienda en un barrio nuevo, de grandes torres, llamado Escaleritas. La primera vez que mi abuelo vio a mi abuela apoyada en su mesa, la Mano Derecha de Dios pensó para sí mismo: «Esa espalda tiene que ser mía». La dibujó y se la regaló. Por ella había renunciado a un puesto importante en el trabajo por otro similar en una empresa de menor categoría. Por su parte, la Chica de Alambre había dejado el suyo y se encontraba angustiada por cómo aceptaría su hijo tanto cambio y la ausencia de sus abuelos. Por todo esto, decidieron que los primeros meses ella no trabajaría hasta ver cómo se desarrollaban sus vidas y encauzaban casa, trabajo y guardería.

Volvió a cortarse el pelo, se fue a vivir cerca del mar y comenzó a parecerse más a la mujer que quería ser.

El día a día siguió su ruta implacable con un señor que imaginaba los sueños de la Chica de Alambre en una paleta y con un pincel los llenaba de colores. Llevaban cerca de tres meses en La Isla cuando, una noche, después de tomar algo, al regresar a casa, vieron varias colillas aplastadas en el suelo de la entrada. La Chica de Alambre supo que el Cabezón había estado allí. Era un aviso de que había llegado. El insomnio atascó sus párpados y el nuevo día trajo por segunda vez a su exmarido a casa. El timbre sonó de manera insistente y los pasos de la Chica de Alambre se podían oír cada vez más cerca. Sabía que era él, apoyó su mano en el picaporte y dos vueltas de llave fueron suficientes para cambiar su vida y, por consiguiente, todo este libro. Ahí estaba él, su carta de presentación eran unas cejas chulescas como látigos de circo y una sonrisa de serpiente apoyada en el quicio de la puerta.

—Vengo a ver a mi hijo y a llevármelo de paseo.

Sí a lo primero y un no rotundo a llevárselo.

Aunque prometió devolverlo a los dos días, no era un hombre que inspirara mucha confianza. Por motivos que no entiendo, querido lector, quizá porque yo no tengo hijos, por miedo o inconsciencia, la Chica de Alambre accedió y, tras la entrega, llegaron los dos días más largos del mundo. Aunque el Cabezón tenía que volver a Madrid terminado el fin de semana, algo comenzó a gestarse y no era precisamente bueno. Tras las 48 horas, la Chica de Alambre lo llamó para recoger a su hijo.

Utilizando al pequeño de anzuelo, consiguió que fuera sola al hotel a recogerlo. Quería hablar con ella al precio que fuera. La Mano Derecha de Dios quiso acompañarla, no le sentó nada bien la situación, pues sabía que ella corría peligro, pero Carmen se negó, temiendo que su exmarido pudiera cometer alguna atrocidad si no seguía sus indicaciones. No tenía opción; subió a la habitación con su par de piernas fuertes. La primera sorpresa fue no ver al niño, lo que él justificó arguyendo que estaba en casa de una amiga para poder hablar... ¿tranquilamente?

—Vamos a recomenzar nuestra relación, Carmen. Nos vamos de esta isla y le daremos a nuestro hijo la educación que se merece —dijo con voz impositiva.

—De ninguna manera —respondió ella decidida.

En ese momento, sonó el teléfono. Al otro lado de la línea, la Chica de Alambre pudo reconocer la voz del abuelo paterno del Niño Callado, el padre del Cabezón, preguntándole si había encontrado al niño y si la había localizado a ella, a lo que este asintió con tono tenso.

—Estoy dispuesto a olvidar tu relación con ese payaso si vuelves conmigo. Buscaremos una buena casa en Madrid, un buen colegio y le diré a mi padre que todo está bien para que no te denuncie por fugarte.

—¡Qué simpático! Me perdonas que yo viva con otra persona una vez separados... ¿Has olvidado quién tenía una relación en secreto con una menor mientras yo estaba embarazada?

—Puedo quitarte a tu hijo y destrozar a tu familia. ¡Puedo encerrarte de por vida! —dijo el señor de cabeza desproporcionada alzando la voz y con un dedo en alto. Aún llevaba la alianza de su boda.

La Chica de Alambre perdió la mirada en su dedo.

El Cabezón se levantó del asiento, la agarró de los brazos e inclinó su cara buscando sus labios. La reacción de mi abuela fue rápida: interpuso los codos entre ambos, empujándolo para separarlo de ella. El Cabezón la miró como se mira un pañuelo usado y, con la voz ensangrentada, logró decir:

—Medítalo con la almohada si todavía quieres ver a tu hijo.

—¡Jamás volveré contigo! Ten un poco de dignidad.

La Chica de Alambre se fue deprisa, naturalmente sin ver ni saber dónde estaba su hijo. Antes de desaparecer, le advirtió que, de no devolverle al pequeño, lo denunciaría, pues ella tenía la patria potestad.

Ese mismo día, el Cabezón llamó a la Mano Derecha de Dios al trabajo para sembrar la desconfianza. Le dijo, literalmente, que les había sido infiel a ambos. Era todo un agitador de ideas y sabía dónde apuntar para matar; le gustaba la guerra y enarbolar la bandera de la victoria a cualquier precio. En este caso, el precio fue su propio hijo, al que secuestró, traicionando a mi abuela una vez más. La Mano Derecha de Dios y la Chica de Alambre trataron por todos los medios de localizar al pequeño hasta que llegaron a la conclusión de que había abandonado La Isla. Al mismo tiempo, el Cabezón consiguió resquebrajar un poco la relación que tenían, pues el punto débil de Javier era la desconfianza. Aunque en el fondo no había creído nada de esa llamada, se sentía relegado a un segundo puesto. La Chica de Alambre telefoneó a sus padres para explicarles todo lo ocurrido, les hizo un breve resumen para evitarles el mayor daño posible, pero como era de esperar, el disgusto fue tremendo. Horas más tarde, la

Chica de Alambre tomó otra decisión y, de acuerdo con la Mano Derecha de Dios, volvió a Madrid para buscar a su hijo en cuerpo, alma y alambre mientras él se quedaba trabajando en La Isla.

la guerra

Entre los años 70 y 80

Muere Franco, surge la heroína y terminan de construir las Torres Gemelas.
Nace el punk, ABBA y Jeanette es rebelde porque el mundo la ha hecho así.
La televisión absorbe el color, la princesa Leia es capturada por las tropas imperiales y estrenan Tiburón.
Inventan el reloj digital, Heidi se va a los Alpes y mi abuela comienza su batalla.

17

Bastian

El amor es como un gato: abre los brazos
cuando te escoja porque intentar
atraparlo es inútil

Cuando subí a lomos de mi caballo azul y me fui de casa
había reunido la pequeña cantidad de dinero suficiente
como para alquilar una habitación y compartir piso en
Madrid.

Vi unos quince cuartos antes de mudarme definitivamente.

Algunos de ellos no tenían ni ventana. Finalmente, me
decanté por una casa que estaba al borde del río. Era grande, tenía cuatro habitaciones, un salón con dos tendede-
ros que provocaban un olor a humedad constante y un
casero militar. La fianza consistió en 350 euros, así que fue
ahí más o menos cuando mis habitaciones dejaron de tener estrellas.

Si pintaba la pared perdía el dinero seguro; además,
ese hombre era bastante imbécil, se tomaba la licencia de
entrar en la casa sin avisar y abría la puerta de tu habitación cuando le daba la gana.

Tuve tres compañeros de piso.

El primero al que conocí fue a Álvaro, un estudiante
de Ciencias Políticas que vivía prácticamente en el salón.
Siempre estaba con el ordenador y era de Benidorm, como

Ylenia. Era mi favorito porque veíamos *OT*, se reía de las cosas que a mí me hacen reír y alguna que otra vez vino a mi cuarto a consolarme por lo que fuera.

El segundo fue Fer. Un tipo alto, de pelo rizado, tartamudo, con quien nunca sabías muy bien de qué hablar. No fregaba nunca los platos y cuando lo hacía la cocina parecía una fiesta de la espuma. El día que descubrí que me robaba los yogures encontré tema de conversación para hablar con él.

—Oye, Fer.

—Di-di-dime, Chr-Chris.

—¿Por qué me robas los yogures? —solté directamente.

—N-no, yo n-no te he ro-ba-ba-do ning-ún yo-gur, so-solo te cogí la-la sal-sa de so-soja.

Lo que me hizo darme cuenta de que no solo me robaba yogures, sino que también me quitaba la soja. Y a saber cuántas cosas más. Él nunca lo supo, pero a partir de ese momento no volví a comprar galletas porque siempre me comía las suyas.

El tercero fue Ángel. Un chico rubio y bajito, guapo y de gimnasio. Estudiaba Enfermería y su madre hacía unas tortillas de patata increíbles. Lo único supermalo de Ángel es que celebraba muchas fiestas. De hecho, lo primero que me preguntó cuando llegó fue: «Chris, ¿aquí cómo va el tema de las fiestas?». Además, cuando no las organizaba, las buscaba por internet y se las montaba en la cama. Era un chico majo. Alegre a la par que gracioso. Guapo y loco. Sería muy estúpido no reconocer que me llegó a gustar un poco, aunque yo a él más. Una tarde vimos todas las películas de *Paranormal Acti-*

vity pero al final no pasó nada. Estábamos en un momento complicado, yo tenía novio y hacía un mes que había desaparecido. Al final resultó que Ángel, en una de sus noches locas, descubrió a mi novio en internet. Y vino corriendo a contármelo porque, claro, son cosas que te cuentan si te aprecian un poco. Al final entre nosotros no pasó nada; si lo llego a saber...

Un año después, cuando me harté de Fer y de mi casero militar, volví a ahorrar el valor y dinero suficientes para estar solo. Encontré un pequeño ático en los tejados de La Latina. A primera vista era la casita más bonita del mundo, yo la llamaba La Cabaña. Estaba junto a mi colegio *hippie* de cuando era pequeño, Nuestra Señora de La Paloma, en el que hacía manualidades con los pies descalzos y cuidaba de un huerto, la misma escuela a la que iba de la mano de mi abuela jugando a palabras encadenadas. Es curioso, ¿no? A veces el lugar al que queremos llegar es el mismo del que venimos.

Tenía una chimenea preciosa, muchos tragaderos de luz, un altillo donde dormía en un colchón y, lo que es más importante: un baño para mí solo.

Ahí sí pinté estrellas. Volví a parecerme a mí. Al principio, la casera me pareció una tía superenrollada, lo único que nunca entendí era por qué siempre estaba de vacaciones y nunca podíamos vernos en persona. Me subscribí a Netflix, sobreviví a agosto y adopté a Bastian.

Lo encontré en la asociación Peluditos en Apuros de Vallecas y, nada más llegar, tuve el disgusto de los hongos. Compré un jarabe carísimo y un collarín, porque se

Mi gato.

levantaba la piel arañándose. Ama el pavo sin sal, arañar el sofá y llorar cuando quiere algo. Podría ser un loro porque habla mucho. Y un perro, porque es profundamente sociable. Aunque ha decidido que sus tres primeras vidas se las pasará durmiendo. Me costó días convencerlo de que él no era el murciélago de *Anastasia*. Y cuando me preguntó el porqué de su nombre, le hablé de *La historia interminable*. Después vimos la peli porque ni sabe ni quiere aprender a leer. Se quedó dormido a la mitad, convencido de que él era más bonito que ese niño. Y lo es. Le dio pena *Ártax* y seguro que preferiría llamarse *Marsupilami*, pero, yo qué quieres que te diga, se llama Bastian.

Lo descubrí viendo la lluvia por primera vez, deshizo mi soledad entre sus zarpas y aprendí que el amor es como un gato: abre los brazos cuando te escoja porque intentar atraparlo es inútil.

Siempre tuve una deuda con los animales, en concreto con los gatos.

¿Te ha comido la lengua el gato?

Empezó de pequeño, como todo.

A los nueve quería un amigo incondicional que viviera en casa, a los once empapelé mi habitación con páginas de la revista *Pelo Pico Pata* y a los trece lo conseguí. Me regalaron un amigo sin saber que los amigos no se pueden regalar. Era una bola gorda de pelo negro a la que llamé *Azúcar*. Son los nombres que se te ocurren con trece años para las mascotas; admite, querido lector, que he mejorado mucho. Le daba atún, dormía en mi regazo y jugábamos con tazos y pelotas de papel. Maullaba para pedir cosas, pero, sobre todo, bajaba la cabeza cuando estaba triste. *Azúcar* no fue feliz. Aica no amaba a los animales y por aquel entonces yo «vivía» con mi madre. Pasó días encerrado en la terraza hasta que se escapó. Con trece años lloré y con veinticuatro me alegro. *Azúcar* se escapó porque solo deberíamos quedarnos con quienes nos cuidan. Me prometí que cuando tuviera mi casa, una con jardín y enanitos, llena de cubos de mimbre donde arañar, escalar y saltar, lejos de Aica, iría a buscarlo. Han pasado once años y no he conseguido esa casa. Ni la que le prometí a mi abuela. Voy a dejar de prometer casas.

Era bastante imposible encontrar a *Azúcar*, así que lo primero que hice después de la mudanza, entre la firma del contrato y pintar las paredes, entre verano y Navidad y antes de llenar la nevera del Mercadona, fue adoptar a Bastian.

Le gusta dormir donde me lavo las manos.

Le gusta beber agua donde me lavo los dientes.

Le gusta esperarme mientras me ducho donde me afeito.

Y me despierta lamiéndome el pelo.

Mira por la ventana.

Se tumba sobre el sol.

Araña. Corre. Muerde. Salta. Ronronea. Maúlla. Y es feliz.

Por eso lo llamé Bastian.

Porque tengo una deuda con los gatos.

Y nuestra historia es interminable.

18
La lengua en el corazón

El cariño entre la anciana
y la bestia

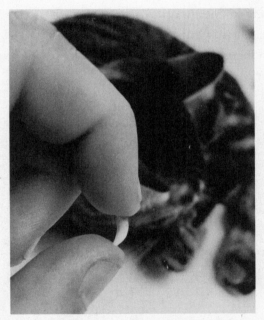

Cuando a mi gato se le cayó su primer colmillo
pensé: «A ver cómo le explico lo del ratón».

Mi verdadero compañero de piso es Bastian.

Ni Álvaro, ni Fer, ni Ángel. Bast.

De hecho, no me gusta cuando la gente se refiere a

Bastian como si fuera mi hijo. O como si yo fuera su dueño. Es mi compañero.

Adoptarlo es una de las mejores cosas que he hecho en
los últimos 24 años. ¿Sabías que los gatos son terapéuti-
cos? Seguramente, si tienes animales entiendas de lo que
estoy hablando y del amor que intento describir. Si por el
contrario eres como mi abuela y nunca te has llevado especialmente bien con los animales, probablemente no
comprendas los capítulos de mi gato. Es normal. No pasa
nada. Yo te lo cuento igual.

Acariciar un gato reduce el estrés.

Están megarrecomendados para personas con autismo.

Inspiran emociones positivas.

Escribiendo este libro con el permiso de Bastian.

Nadie sabe de dónde proviene, pero su ronroneo es sanador.

Mejoran la salud mental.

Y te esperan después del trabajo, siempre.

Es mi centinela.

El que aprendió a esperarme.

El final de todos mis capítulos, dueño de mi casa y amigo de mis ideas.

El que muerde las esquinas de este libro y camina sobre las letras de esta historia decidiendo sobre mis tiempos.

Elije cuándo escribo. Si quiere jugar, no escribo. Si tiene hambre, no escribo. Si quiere amor, no escribo. Si tiene sueño, escribo. Si tiene sueño pero poco, no escribo.

La casera que parecía tan enrollada, la que siempre estaba de vacaciones, a la que nunca he visto en persona, esa, esa casera, resultó ser mala gente. Por decirlo así suave. Resulta que acordonaron mi edificio de andamios y un día, a las 7 de la mañana, un obrero tocó a la puerta preguntándome por qué no abandonaba mi casa, a lo que contesté muy tranquilamente: «Buenos días».

Te recuerdo que vivía en un ático y la verdad es que estaban levantando el tejado. Por lo visto el edificio sufría peligro de derrumbe y nadie me había dicho nada. No era obligatorio irse de la misma manera que no era seguro que no te cayera una viga en mitad del salón, como a mi vecino Juanjo. Llamé a mi casera y me dijo que eran unas obras de nada, que no creía que me molestaran mucho y que en dos semanas ya habrían terminado con la parte de mi casa. Se llenó todo de arena, casquetes y martillazos desde bien temprano hasta la tarde. Era imposible vivir ahí, querido lector. Se lo conté a mi abuela, que me dijo, literalmente:

—¡Sal de ahí ahora mismo! ¿Es que quieres que se te caiga la casa encima? —Así, como superdramática.

—Y ¿qué hago?

—Te vienes a casa.

—Voy, pero tengo que ir con Bastian...

—¡¿Con el demonio?! —Así llama la abuela a mi gato.

—Claro, no lo puedo dejar aquí.

—Me va a arañar toda la casa, me lo va a romper todo, se me va a tirar a las piernas y me va a atacar mientras duermo —exageró.

Total, que lo conseguí.

Y menos mal, porque cuando hablé con la presidenta de la comunidad me dijo que mi casera me había mentido, las obras estaban previstas para seis meses. Volví a llamar a mi casera. Discutimos un poco. Discutimos mucho. Después discutimos fuerte. Le mandé un burofax, que es una cosa que asusta un poco porque, claro, resulta que todo era ilegal, hasta la chimenea que había en el apartamento. Hice una pequeña maleta, metí a Bastian en el transportín y volví a casa de mi abuela, aunque no era martes.

No es del todo mentira que Bastian le rompiera el juego de tazas de porcelana. De hecho, alguna vez se le tiró a las piernas, pero nada de tropiezos ni de cosas graves. Poco a poco, mi abuela fue perdiéndole el miedo, aunque nunca del todo. Mi compañero no entendía nada, nos habíamos ido de casa corriendo y estaba un poco desorientado. Le compré comida, usé una tapa de caja de zapatos como arenero y dormimos juntos en un colchón en el salón. No podía amilanarme, estuvimos viviendo una semana con la abuela mientras buscaba otra casa para Bastian y para mí. La encontré al mismo tiempo que noté que mi abuela adelgazaba mucho. Comía poco y, en definitiva, cada día estaba más débil. Lo que me hizo mucha ilusión es que dejó que mi gato subiera al sillón. Esa noche empezaron a hablar como si el gato fuera el autor del libro y mi abuela le contara su historia. Era como que se llevaban bien. Sus historias se entrelazaron en la vida real y, por consiguiente, en este libro. El pequeño demonio lamió el corazón de la vieja y esta, antes de acostarse, lo arropó un poco.

Y yo sentí que estaba en casa.

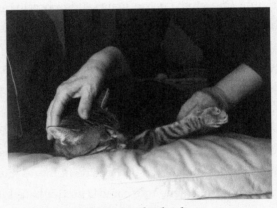

Bastian y la abuela.

19
¡Extra, extra!

Antes de rendirte piensa que tus pasos terminarán,
pero el camino no acaba nunca

Conseguí un vuelo barato y llegué al aeropuerto de Madrid a
primera hora de la mañana. ¡Dios, qué momento! Duro y difícil.
Lo primero que vi fue a mis padres, en concreto la mirada de mi
padre. Enseguida supe lo que pensaba, porque me había des-
aconsejado que me marchara. La mirada de mi madre no decía
nada, estaba vacía y hundida. Alguien indigno había entrado en
mi vida, convirtiendo en indigno todo lo que me rodeaba.

Comencé una batalla donde todo valía para vencer, cualquier estrategia, astucia o maniobra sucia era buena. El fin justificaba los medios, aunque se machacaran los sentimientos de
un niño de tres años. Fueron tiempos de poca luz donde la
impunidad del hombre era total. La vida volvió a trastocarme
y esta vez me dejó heridas que no se cerraron nunca. Aquellos
meses sin mi hijo fueron demoledores, respiraba dolor, sentía
decepción y me sumergieron en un mundo de luchas y traicio-
nes donde cada día había que remontar una derrota.

El tiempo borra los recuerdos pero es importante que sean
una lección de vida, nunca de odio; es importante saber que
las batallas de las mujeres en tiempos de hombres merecieron
la pena, cuando nos extendimos como la luz que baña la mañana
quitándole sitio a la sombra. A día de hoy, seguimos esperan-

do a que amanezca, empujando esa línea luminosa que nos hará conseguir el respeto que nos merecemos.

La Chica de Alambre volvió a reunirse con su abogado de poco pelo y grandes ideas para ponerlo al día y preparar una estrategia capaz de superar a su contrincante. Comenzaron con una denuncia por quebrantamiento de la patria potestad, para que el juez ordenara al Cabezón devolverle al pequeño. Claro que no dio resultado. El juzgado citó al cabrón para tomarle declaración, pero acudió solo, alegando que el niño estaba en Estocolmo con unos familiares. Le dieron una nueva cita a la que debía acudir con el menor y así, hasta siete veces desobedeció a la justicia con excusas y máxima impunidad. Las semanas pasaban como latigazos en la espalda de mi abuela, había caído en un punto del que no conseguía liberarse ni ella ni a su hijo. Había que ir más allá, estaba dispuesta a todo con tal de encontrar al Niño Callado, aunque la ley no estuviera de su lado y los dioses de togas negras volvieran la cara. Movió ficha como en un tablero de ajedrez, acudió al juzgado con el pasaporte del niño, que estaba en su poder y donde figuraba que no había salido del país. Antes fue a la policía para comprobar que no se hubiera tramitado otro. Así desmontó la mentira de su exmarido, pero no consiguió nada. Estaba claro que lo tenía escondido en alguna parte. Actuaba en la sombra, como los cobardes, impunemente y con la creencia de que ganaría la batalla, sin valorar las consecuencias y, sobre todo, sin tener en cuenta al gran perdedor, que sin duda era el Niño Callado.

Mientras tanto, la relación con la Mano Derecha de

Dios siguió en la distancia. A medida que daba un pequeño paso más para recuperar al niño, tarea que la tenía completamente absorbida y ocupaba todo su tiempo y esfuerzo, este lo celebraba con una botella de coñac. Lo demás
había pasado a un segundo plano. Aunque hablaban con
frecuencia, el resto del día la Chica de Alambre ni se acor-
daba de él. Con el Francesito había sido diferente, hubo
momentos de eternidad porque era joven y no tenía hijos
secuestrados ni cosas así... Con Dedé caminaba por el aire
sin darse cuenta, algo que no le sucedía con la Mano Derecha de Dios. Es lo que tiene enamorarse muchas veces,
¿no? Que cada una lo haces de manera distinta. Yo creo
que es un poco inútil comparar dos amores, pues si uno ha
terminado, equipararlo a otro para descubrir similitudes
no es más que la manera de comprobar que caerá en el
fracaso. Lo mejor que nos puede pasar al cambiar de amor
es encontrar algo completamente distinto.

En vista de que su abogado no conseguía grandes cambios, comenzó a recorrer la calle con un trabajo de pena
en el que ofrecía a los clientes de una galería comercial
una cartilla que debían completar con puntos para can-
jearla por enseres del hogar. Era un trabajo en exterior y
en pleno invierno, cobraba 500 pesetas a la semana, las
mismas que entregaba a un oficial del juzgado que llevaba el expediente de la desaparición de su hijo. Era una
práctica habitual, la de sobornar a la persona que llevaba
tu caso para que los documentos no durmieran en el fondo del cajón de su mesa esperando la firma de su señoría.
Cada lunes por la noche, en una esquina del barrio donde
la luz de las farolas no podía alcanzarlos, la Chica de

Alambre saludaba al oficial y le entregaba un billete do-
bladito por la mitad. A cambio, el oficial sencillamente
cumpliría su trabajo. Un trabajo donde la ética tenía un
precio, tal como viene sucediendo desde siempre. El oficial se comprometió a preparar un auto para que su señoría lo firmara inmediatamente, donde constaban las medidas del juez ante el nuevo incumplimiento del Cabezón
de personarse con el menor.

Aun así, nada de esto sirvió para recuperar a su hijo.

Ante la impotencia de su partida de ajedrez, la Chica
de Alambre cogió su alfil y cruzó el tablero de punta a
punta. Para ello llamó a sus excompañeros de la empresa
de comunicación, Marisa, Andrés y el propio jefe, quienes
tenían contactos con periodistas importantes de la época,
como por ejemplo Manuel Marlasca, que escribía en un
diario de tirada nacional. A él se dirigió para contarle la
desaparición del pequeño y el caso omiso de los jueces.
¡Consiguió que dos periódicos españoles de los setenta se-
cundaran la noticia!, *Diario Ya* y *Diario Pueblo*.

¡Suerte que la abuela guardaba los recortes
de periódicos! (Tapo los nombres por respeto.)

Además, murió Coco Chanel y el titular de esa noticia era: «París se sintió repentinamente enferma».

En La Isla, y para celebrarlo, la Mano Derecha de Dios se pimpló una botella más entre acrílicos y aguarrás. Brindaba con su amante, la soledad, que lo escuchaba noche tras noche, pero con la que no tenía buen sexo. La Mano Derecha de Dios iba siempre que podía a ver a la Chica de Alambre, se besaban como dos fugitivos en una relación clandestina y ante una sociedad hipócrita que no contemplaba el rapto por parte del padre y condenaba a una madre separada por tratar de rehacer su vida con otra persona. No obstante, a Carmen algo le decía que lograría dar con el paradero de su hijo, tenía confianza en que alguien leyera la prensa, lo identificara y aportase datos que le permitieran llegar hasta él y recuperarlo.

Lo siguiente fue una llamada del NO-DO, acrónimo de «Noticiario y Documentales», que se emitía en RTVE y en las salas de cine durante el régimen. Fueron a casa de los padres de la Chica de Alambre e hicieron un reportaje que salió en la televisión para hacer más visible la desaparición del niño; las piezas negras del Cabezón iban cayendo del tablero, arrinconadas por los caballos blancos de mi abuela.

El siguiente movimiento que se le ocurrió fue ir al pueblo del abuelo paterno del Niño Callado. Concretamente, se personó ante la Guardia Civil de Tarancón, quienes fueron extremadamente amables, todo hay que decirlo, pero confirmaron que el niño no había estado allí.

Y así un largo año.

A pesar de ir comiéndose una a una las fichas de su contrincante, es decir, destruyendo sus mentiras, a mi abuela se le acabaron las ideas y no supo dónde más pedir ayuda. Entonces, un día, mientras comía entre el silencio de la Mujer Fantasma y la comprensión de Manos de Fuego, sonó el teléfono.

Manos de Fuego le pasó el auricular a su hija con un gesto de inquietud. La Chica de Alambre lo cogió y escuchó la voz de un hombre de unos cincuenta años al otro lado. Se presentó como un inspector de policía de la comisaría de Chamberí y se aseguró de que estaba hablando con la madre del pequeño desaparecido.

—Sé dónde está su hijo.

20

Mala fe

Dicen que la fe mueve montañas, no sé si la fe
de mi abuela movió montañas pero
sus piernas las atravesaron

Se quedó sin aliento. Que es lo mismo que te habría pasado a ti, o a mí, si tuviéramos un hijo secuestrado y alguien nos llamara diciendo que sabe dónde está. No articuló palabra, al contrario, guardó silencio mientras se preguntaba si sería algún gracioso. Cuando descubrió que al otro lado había un hombre serio, escueto y educado, despejó sus dudas. Él le contó cómo había descubierto el paradero del niño. De manera extraoficial, ya que pertenecía a la comisaría de Chamberí y no a la de Las Ventas, le hizo un seguimiento temporal al Cabezón y averiguó que había dejado al niño en un orfanato de monjas en el parque Conde de Ordaz, donde lo visitaba cada cierto tiempo.

¡Había raptado a mi hijo para dejarlo interno! Apenas tenía cinco años y lo sacó de su ambiente, de su vida y de mi lado sin pensar en otra cosa que no fuera hacerme daño. Ese era el padre de mi hijo. La persona que me hablaba no podía intervenir en el «rescate», pero sí me asesoró sobre cómo hacerlo. No terminé de comer, fui al orfanato con mi auto de separación, donde se me otorgaba la custodia para reclamar al crío, y ¿adivinas qué? La madre superiora se opuso.

Esto nos da una idea de la capacidad de manipulación que tenía Lucio y de lo crueles que pueden llegar a ser algunas monjas, que en algunas épocas se creyeron moralmente superiores para decidir que una familia rica era mejor que una pobre para criar a un niño. O que una mujer soltera no tenía los recursos económicos o emocionales suficientes para hacerlo. Seguramente les pagó a cambio de no soltar, bajo ningún concepto, al niño. Además, les contó que yo ejercía la prostitución, como aseguraron ellas para justificar su comportamiento. Afortunadamente, yo siempre he tenido un historial laboral impecable, que tumbaba sus descalificaciones. Nunca he ejercido la prostitución, pero también te voy a decir una cosa, si lo hubiera hecho, ¿qué pasa? Imagino que las monjitas, tan dignas ellas, se escandalizaron al verme allí y pensaron que no podían entregarme a mi hijo y que tenían que protegerlo de una madre tan inmoral como yo y favorecer a su buen padre.

Salí sin el niño, pero no me amilané, llamé a mi abogado y fuimos directamente al juzgado; no había tiempo que perder. Después de una batalla dialéctica con el secretario, conseguimos un mandamiento judicial para que nos entregaran al niño sin excusa ni demora. Volvimos corriendo al orfanato, con el miedo de que esos «seres de buenos sentimientos» hubieran llamado al padre para «protegerlo» y se lo hubiera vuelto a llevar. Recuerdo aquel viaje en el coche de mi abogado, callada, porque nunca se me ha dado bien llorar, con la orden en la mano y pensando que tenía que recuperar a mi hijo. Por segunda vez, estas mujeres que escondían bajo sus hábitos de pureza sentimientos tan crueles se resistieron a darme al niño hasta el punto de que el juzgado tuvo que hablar con la madre superiora y advertirla de las consecuencias si hacía caso omiso de la orden del juez.

—¿Cómo se atreve una mujer como tú a entrar en la casa de Dios? —dijo la madre superiora desde una mesa de madera oscura y un crucifijo pendiendo del cuello.

—Vengo a llevarme a mi hijo —sentenció la Chica de Alambre con la mirada desafiante.

—El niño se quedará con nosotras, en un lugar donde sepa distinguir el bien del mal.

—Si no me lo entrega, no me quedará más remedio que llamar a la policía.

—¡Hágalo! De paso, los informaré de que es usted una prostituta.

—¡Eso es mentira!

—¡FUERA DE AQUÍ!

—No me iré sin mi hijo —mantuvo la Chica de Alambre, levantando con el puño la orden del juez—. Antes muerta que dejarlo con este puñado de «angelitos» del Señor...

Al final, tuvo que intervenir la policía judicial para que la madre superiora accediera a devolverle al niño, no sin repugnancia.

Me parecía un sueño. Salí con mi hijo de la mano. Estaba más serio de lo normal, con una mirada caída y asustada.

Yo, contenta al creer que todo llegaba a su fin.

Hay una frase popular que dice: «A veces se gana, otras, se pierde». A mí me gusta más esta otra: «A veces se gana, otras, se aprende». Los que hemos perdido una y otra vez sabemos que no hay mejor escuela de la vida que caer y levantarse, hemos conservado la fuerza y la valentía para todo aquello que acontezca. Mi padre siempre decía: «No hay mejor instante que el presente». Y es cierto, este ha sido siempre mi salvoconducto para vivir. Amo la vida y por eso me la bebo.

21

Justicia poética

En la mitología, la justicia es representada con el cuerpo de una mujer, creo que debería decirnos algo

Me encanta este término, querido lector. «Justicia poética.»

Requiere de tres conceptos básicos: castigo para el mal, premio para el bien y triunfo de la lógica. Si abres bien los ojos, la verás en cada esquina de este mundo, como por ejemplo en un tigre abalanzándose sobre el domador, en un juez sentado en el banquillo o en un pirómano arrasado por su propio incendio. Aunque no deberías regodearte cuando la veas actuar, pues todos, de alguna forma u otra, terminamos cayendo en sus garras. La justicia poética vive en este libro por el mero hecho de que salta a la realidad. Imagínate a una monja abortando, a unos padres retrógrados que tienen un hijo transexual o a un terrorista alcanzado por su propia bomba. Todo esto es justicia poética. Probar tu propia medicina, encerrarte tras los barrotes que has fabricado.

Tras el rescate del Niño Callado, en el último viaje que hizo la Mano Derecha de Dios a Madrid, él y mi abuela decidieron tener una hija. Siempre dieron por sentado que sería una niña y que se llamaría Sandra, y así fue.

Aunque mi tía en esta historia será la Niña de Fuego. Les inspiró una canción antigua que se llamaba *Rosas a Sandra* de Jimmy Frey. Cosas suyas. Tomaron la decisión tras mucha reflexión y cautela, pues la situación de mi abuela —esperar un bebé estando separada—, en aquellos tiempos, no era fácil.

El Cabezón se instaló en La Isla, donde comenzó a vivir y a trabajar en la playa del Inglés. ¿Por qué? Pues porque estaba loco. Nada iba a quitarle la obsesión que tenía de destrozar a mi abuela a cualquier precio. La Chica de Alambre comenzó a trabajar en una empresa catalana con delegación en Madrid. Rondaba los cuatro meses de embarazo cuando decidió visitar a la Mano Derecha de Dios durante las vacaciones de Semana Santa. Casi siempre era él el que viajaba a Madrid para verla, pues ella dedicaba casi todo su tiempo libre al Niño Callado (esto es algo que, según mi punto de vista, no debería olvidar una madre: no anteponer sus parejas a sus hijos). Pero esta vez fue al revés, y la Chica de Alambre volvió a La Isla por unos días.

El director de la empresa de mi abuelo los invitó a comer.

Era un señor viudo, afable, con nueve hijos y una mirada gris que asomaba tras unas ridículas gafitas.

La velada transcurría amena (todo estaba bueno; vino, lentejas y pan), cuando el timbre volvió a partir la historia en dos. El anfitrión se levantó despacio para abrir, pues no esperaban a nadie más, y regresó con los ojos como platos, las gafas en la mano y rascándose la cabeza con pudor. Miró a la Chica de Alambre y dijo: «La policía pregunta por ti...».

Hijos, caballeros, dama e incluso vajilla se miraron sin articular palabra.

Mi abuela se levantó de la mesa en dirección a la puerta con paso firme pero lento, sabiendo que se trataba de otra jugarreta del Cabezón. ¿Cómo había podido saber dónde estaba? Sin dar ningún tipo de explicaciones, la arrestaron. Debía acompañarlos a comisaría. La situación no podía ser más embarazosa, de ahí que no opusiera resistencia: regaló sus muñecas a los agentes, que la esposaron y la llevaron hasta el coche. Naturalmente, la Mano Derecha de Dios se disculpó con su jefe y abandonó la comida para acompañarla. Al bajar del furgón para ser escoltada hasta los calabozos, la Chica de Alambre vio al Cabezón apoyado en la pared, fumando, con una cínica sonrisa capaz de afilar un diamante. Quedaba detenida y a disposición de un juzgado de Madrid, desde donde la reclamaban al estar en busca y captura. Así es como mi abuela volvió a entrar en la cárcel con dos manos a la espalda y una barriguita incipiente. Al parecer, el Cabezón, bien asesorado por su abogado, le había puesto una denuncia: alegaba que su hijo se encontraba en paradero desconocido. Claro está que era mentira. El Niño Callado permaneció con sus abuelos en Madrid durante esos cuatro días de vacaciones que la Chica de Alambre tenía previsto pasar con la Mano Derecha de Dios y que terminaron siendo treinta y en el Barranco Seco, la cárcel de La Isla.

Con ese nombre te puedes imaginar cómo sería.

Estuvo cuatro días en aislamiento, en una celda repugnante, y al quinto la trasladaron con el resto de las reclusas. La historia tiende a repetirse, lector: a pesar de que Manos de Fuego tenía la sentencia de separación, el Cabezón volvió a denunciarla por abandono del hogar. Recuerda que en los setenta no había móviles, ni *e-mails*, ni cosas que aceleraran los procesos burocráticos. Por si fuera poco, en La Isla era fiesta. La estrategia de su exmarido no era otra que ganar tiempo mientras los documentos se enviaban por exhorto de Las Palmas a Madrid y de Madrid a Las Palmas. Pasaron los días, uno detrás de otro, con su tiempo a la sombra de unos barrotes y la preocupación por su familia y el trabajo, pues no le permitieron realizar ninguna llamada hasta pasadas dos semanas. Transcurridos los días llegó un funcionario del juzgado de Madrid, dosier en mano, para tomarle declaración. La Chica de Alambre salpicó verdades por la boca alegando que estaba separada, que el Cabezón conocía perfectamente su domicilio habitual en Madrid y que, por tanto, no había abandono de hogar alguno. Declaró sus tretas, ejecutar denuncias en ciudades diferentes para conseguir su busca y captura y dejarla encerrada. Durante ese mes, la Chica de Alambre tuvo mucho tiempo para pensar mientras al Cabezón le sobraba osadía para hacerle una visita. Afortunadamente, su embarazo se notaba menos que su valentía.

—Si vuelves conmigo, te quito la denuncia. Siempre y cuando dejes al payaso que va contigo —dijo el Cabezón con esa voz insoportable que le impide ser un personaje amable en esta historia.

—NO.

—Piensa en tu hijo —susurró, sentado con las piernas cruzadas y su sonrisa sangrante frente a mi abuela.

—Estás loco, Lucio, nunca volvería contigo. Eres lo peor que me ha pasado en la vida —sentenció ella.

—¡Por mis muertos que hasta que no vuelvas conmigo te pudres en la cárcel! —exclamó este, dando golpecitos sobre la mesa de metal con la alianza de boda.

—Pobre... Además de ignorante, eres un estúpido.

El Cabezón vio cómo la Chica de Alambre se lleva las manos al estómago.

—¿Estás embarazada?

La Chica de Alambre se levantó con tranquilidad y, en un gesto preciso, le demostró lo ancho que le quedaba el pantalón para hacerle creer que un embarazo era más que imposible. No sé cómo lo hizo, pero parece que lo convenció.

—Jamás volveré contigo, prefiero pasarme la vida entre rejas que entre tus brazos.

—Te juro por mi padre que si algún día vuelves a ver a tu hijo será tras una mampara y en un triste vis a vis —respondió el Cabezón, enrojeciendo de rabia.

—Quieras o no, pronto saldré de aquí porque tú eres un farsante y no siempre te saldrás con la tuya. —La Chica de Alambre se levantó y pidió a la funcionaria que diera por terminada la visita y que no la avisaran más cuando ese señor apareciera.

Atento, querido lector.

Mientras la sonrisa burlona del Cabezón salía por la puerta de la cárcel, la Chica de Alambre iba a la cabina para hacer su llamada semanal de diez minutos. Eligió a su padre, quería informarlo de la situación, pero fue Manos de Fuego quien le dio una noticia: había perdido el trabajo.

El Cabezón se puso su chaqueta de cuero, unas gafas de aviador que siempre llevaba consigo, introdujo la llave en la motocicleta que había aparcado a las puertas de prisión y arrancó sin mirar atrás.

La Chica de Alambre entendió que la despidieran porque estaba en la cárcel, pero necesitaba el trabajo para dar de comer a su hijo.

Tras una boda gris y burlas a la ley, después del plato de judías estampado contra el suelo, los insultos y las amenazas, los puñetazos con guantes de boxeo, las sonrisas cortantes, las denuncias falsas, el secuestro de un hijo y el pisoteo de la dignidad de mi abuela, el Cabezón tomó la primera rotonda chocando frontalmente contra un Volvo que arrolló su enorme cabeza y la aplastó contra el asfalto.

La Chica de Alambre colgó el teléfono y volvió a su celda del brazo de una funcionaria, que le pidió perdón por permitir que entrara su exmarido a visitarla.

Así fue como el Cabezón perdió, literalmente, la cabeza, hasta el punto de que fue muy complicado identificar el cadáver. La bestia fue aplastada, el pulpo perdió sus tentáculos y el verdugo fue degollado por su propia hacha, salpicando de sangre sus insignias fascistas, con una alianza haciendo círculos sobre el hirviente asfalto, unas gafas hechas añicos y una justicia poética que no me permite alegrarme de lo sucedido, pero que sin duda alguna tampoco me entristece.

22

La Dama de Hierro

Una aleación entre alambre,
abrazo y fuego

—¿Y murió?

—Y tanto que murió.

—Pues menos mal, qué quieres que te diga.

—Bueno, Chris. Con el paso del tiempo he pensado mucho en este incidente y ha llegado a darme pena el final que tuvo.

—¿Pena? Pero si fue un cabrón...

—Puede ser, pero no puedo alegrarme. Al fin y al cabo, era el padre de mi hijo y no quiero que el odio ni el rencor sean mi bastión para sobrevivir. Ahora ya no siento nada.

—Hay una cosa que no me ha quedado muy clara... ¿Quién lo atropelló? —pregunté pensando que podría haber sido mi abuelo.

—El coche lo conducía la mujer de un médico muy famoso en La Isla, al parecer no tenía carnet y tuvieron que hacer lo imposible para evitar problemas mayores...

—¿Un juicio y todo eso?

—Tú ya me entiendes.

—¿Cómo te enteraste?

—Pues muy fácil, mis exsuegros no tardaron en ponerse en contacto con la compañía de seguros para cobrar la indemnización, alegando que estábamos separados. Mira tú, ¡para eso sí que utilizaron el papel que tantas veces he mencionado! El mismo que ocultaban para meterme en la cárcel, el auto de separación. Una vez que supe que mi hijo no estaba con su padre, todo lo demás me importó poco. Salí de la cárcel en el momento en el que los padres presentaron nuestra separación para cobrar el dinero de su hijo muerto. De nuevo, tuve que acudir a un juez para que me devolvieran a mi hijo.

—¿Y te lo devolvieron?

—No exactamente, tras la muerte de Lucio, sus padres, junto con el abogado maquiavélico, se tomaron la venganza por su mano, y esta vez tuve que enfrentarme a todos ellos. Pero bueno, todo a su tiempo...

La Niña de Fuego no quería nacer.

Se retrasó doce días en llegar al mundo.

La estrella de la Mano Derecha de Dios y la Chica de Alambre brilló por primera vez a las nueve de la noche en el Hospital San Carlos de Madrid. Fue un parto provocado, extremadamente doloroso y largo.

Cuando la Mano Derecha de Dios supo que provocarían el parto, se subió a lomos de un relámpago para viajar a la capital y estar junto a mi abuela. No puedo decir mucho más, para ser sinceros, la relación hace tiempo que se estaba deshilachando, y la distancia no ayudó mucho. Los buenos propósitos duran poco bañados en alcohol.

Dado que mi tía era fruto de una pareja adúltera, debía llevar los apellidos del Cabezón, aunque estuviera muerto. Esa era la ley si una mujer tenía una relación con otro hombre tras separarse. Esto era una maniobra peligrosa por dos motivos: el primero, la férrea negativa de la Mano Derecha de Dios, que nunca lo consintió; el segundo, que los abuelos paternos del Niño Callado podían alegar que la niña era su nieta y podían quitársela a conveniencia. Afortunadamente, eso no pasó. Ellos no tenían ni idea de la alegría que le dieron a la Chica de Alambre. Aun así, hubo una fuerte discusión entre mis abuelos, pues, en un principio, al fallecer el Cabezón, pensaron que se había resuelto el problema, pero su sombra siguió acechándolos. Con el paso del tiempo, la Chica de Alambre hizo una cosa inteligente: puso a su hija los dos apellidos maternos invirtiéndoles el orden; se juró a sí misma que, si tenía más descendencia, solo llevarían sus apellidos, para que el mundo de los hombres no pudiera volver a quitarle a sus hijos.

Con los meses, un juez decidió que el Niño Callado se quedaría a vivir con los abuelos paternos, dadas las ocasiones en las que la Chica de Alambre había estado en prisión, aunque fuera de manera injusta. Mi abuela no lo permitió, temía que el pequeño pudiera volver al orfanato de monjas del que lo había recogido, así que había llegado el momento de esconder a sus hijos y ponerlos a salvo. Por el trabajo, sería muy sencillo dar con su paradero, y si escapaban a otra ciudad los localizarían fácilmente. La Mujer Fantasma, por primera y última vez en toda la historia, tomó las riendas y se ofreció a ayudar a su hija: se llevaría a los niños a Alicante, cerca del mar. Manos de

Fuego permaneció en Madrid para no hacer saltar las alarmas; si querían que todo saliera bien, debían trabajar en equipo, como la familia que nunca lograron ser, como la mía, que es una familia de mierda. En 1972, e imponiendo razón a corazón, la Chica de Alambre, que cada vez era más dura, se separó del Niño Callado, de seis años, y de la Niña de Fuego, de apenas tres meses. Si querían permanecer unidos, debían separarse.

A Manos de Fuego le pareció una locura, pero terminó comprendiendo que era la única manera. A lo largo de esta historia fue envejeciendo en paralelo a la lucha de su hija en el terreno de los hombres, dejándose las manos, la mirada y el alma. Su pelo estaba lleno de nieve, su corazón había sufrido un infarto y varios amagos de paros cardíacos, empezaba a cojear y el invierno llegó abrazándolo y dejándole para siempre unas anginas de pecho.

La Chica de Alambre había acordado con sus padres ponerse a trabajar y mandarle todo el dinero posible a la Mujer Fantasma para que pudiera hacerse cargo de sus hijos. Se quedó en Madrid y continuó su relación a distancia con la Mano Derecha de Dios. Hasta que, de nuevo, querido lector, el teléfono partió en dos los planes de nuestra historia justo después de sonar.

—Carmen...

—¿Francisco? —preguntó la Chica de Alambre extrañada.

Era el jefe de la Mano Derecha de Dios, el señor con gafitas ridículas que la había invitado a comer el día que la detuvieron.

—¿Estás sentada?

—Pues no, pero vamos, que yo me siento, don Francisco. Dígame, dígame...

—Javier ha sufrido una brutal caída. No puede andar.

La Chica de Alambre colgó el teléfono sin mediar palabra. Le pareció algo raro, pero no podía abandonarlo ahora, tampoco podía abandonar a su familia. Aceleró su viaje como una yegua salvaje y compró el billete más barato que encontró. La Mujer Fantasma ya se había marchado con los pequeños y Manos de Fuego se sorprendió al ver a su hija hacer la maleta.

—¿A dónde vas, Carmencita? —pronunció con voz cansada desde el sillón del salón.

—Papá..., tengo que irme.

—Está bien, cariño. Despiértame cuando vuelvas, haz el favor.

—No, papá, tengo que irme a La Isla —dijo, mientras colocaba muda limpia en la maleta.

—Pero ¿qué dices, hija mía?, ¿cómo te vas a ir ahora?

—Javier se ha caído, papá, está en una silla de ruedas...

—Pobre... —dijo Manos de Fuego con sorna, pues la adicción al alcohol de la Mano Derecha de Dios no le provocaba mucha simpatía.

—Tengo que ayudarle, pero eso no significa que no vaya a ayudaros a vosotros también. Encontraré un trabajo, cuidaré de él y vendré siempre que pueda a verte a ti y a los niños.

—Pero, cariño mío, ¿cómo te vas a atar con la edad que tienes?, yo quiero que seas libre.

—¿Qué quieres decir? —Hubo una pausa de silencio.

—Que es un borracho —sentenció el hombre, mirándola a los ojos con la tranquilidad de quien dice la verdad.

—No tienes derecho a hablar así del padre de tu nieta, siempre me ha ayudado mucho y se ha portado muy bien con todos nosotros.

—Cuando la botella se interpone en el amor siempre hay dos instantes, hija: cuando se descubre y cuando ya no hay nada que decirse.

—Llevo toda mi vida aceptando las decisiones de los demás, papá. No hay discusión, me marcho. —Carmen se levantó y cerró la maleta sin dar tiempo siquiera a réplica.

—Quédate, hija... —La súplica de Manos de Fuego fue escuchada por nadie, pues la Chica de Alambre ya no estaba en el salón.

Mi bisabuelo tardó instantes en entender que no lo conseguiría.

Nada podía detener a su hija: al fin y al cabo, él quería que fuera una mujer libre, y de manera acertada o equivocada, se había dado cuenta de que ya lo estaba siendo. No apoyó en ningún momento su relación y tampoco su decisión, él habría preferido que esperara un tiempo a que todo se asentara. El viaje le parecía precipitado y vio, mucho antes que cualquiera, cómo su hija volvería a caer en el mismo agujero del que recién acababa de salir. Aun así, se levantó del sillón apoyándose en su cojera. Limpió sus zapatos, se peinó un poco y se encontró en mitad del pasillo con ella, quien cargaba con una maleta descomunal. Extendió uno de sus brazos para ayudarle, y con el otro le dio la mano, antes de decir: «Te acompaño al metro, Carmencita».

Se puso su abrigo azul marino para protegerse del frío y bajaron las escaleras despacito, camino a la boca de metro de San Bernardo. Era invierno, Madrid rebosaba de nieve y mi bisabuelo cojeaba, pero seguía manteniendo su porte. Llevaba el pelo reluciente y los zapatos bien limpios.

—Te quiero, hija mía —dijo Manos de Fuego, devolviéndole la maleta en mitad del temporal. Tenía lágrimas en los ojos y miedo a quedarse solo, por eso agachó la cabeza.

—Y yo, papá, y yo —respondió la Chica de Alambre sin prestarle mucha atención, pues estaba dolida tras sus palabras.

Manos de Fuego la rodeó con los brazos y hundió la cara en su pecho. Por última vez, sus manos se mancharon de fuego al rozar su espalda, la misma que acunó para que se durmiera; sus muslos, los mismos que soportó cuando lloraba porque las monjitas la trataban de usted; su pelo, que cortó para hacerla libre; sus codos, que recibió cuando volvió de Bélgica.

La abrazó como cuando se dejaba caer cuesta abajo con los patines que fueron sus alas, fundiendo su cuerpo, derritiendo el alambre que la envolvía para siempre con unas manos cansadas a punto de apagarse. Cuando el abrazo se rompió y el frío sopló unos segundos, se miraron el uno al otro mientras el metal derretido se adhería a su cuerpo en una aleación de alambre, abrazo y fuego, convirtiéndola para siempre en la Dama de Hierro tras el último abrazo incandescente.

23

El Puño Izquierdo del Diablo

Se pilla antes a un mentiroso
que a un cojo

La reaparición del Cabezón antes de morir, mi lucha judicial para recuperar a mi hijo y la distancia hicieron que mi relación con la Mano Derecha de Dios se mermase por completo. El miedo terminó sobrepasándolo y volvió a la adicción que probablemente llevara arrastrando bastante tiempo y de la que nunca se había recuperado: el alcohol. Pienso que la diferencia de edad también le afectó e incrementó sus inseguridades, pues tu abuelo era 14 años mayor que yo. Además, yo no atendí la relación como a él le habría gustado debido a los problemas mayores en los que me vi envuelta. Esto hizo que afloraran los celos, denominador común de la mayoría de nuestras disputas.

Me cuesta un gran esfuerzo ordenar cronológicamente estos hechos debido a que eran constantes. Llegué a La Isla, conseguí un trabajo y descubrí la gran mentira de Javier. Ni estaba paralítico, ni se había caído de ningún sitio.

Con su capacidad de convicción había embaucado a su jefe para que secundara su mentira y conseguir que yo viajara para socorrerlo lo antes posible, insistiendo en que estaba impedido por su supuesta caída. He de confesar que, desde el principio, la historia me pareció poco creíble, pero ante la duda me subí a un avión. A mi llegada, vi una figura apoyada en un bastón, que se tambaleaba haciendo una buena interpretación de su cojera. Necesité pocos minutos para darme cuenta de su estrategia, precipitar mi marcha y acelerar mi decisión. Primero me indigné, después me sublevé y por último estallé. Recibí 1973 con una sensación de fracaso e impotencia y un sabor amargo a hiel danzando por mis glándulas salivares. Las doce campanadas fueron doce puñales clavados en mi corazón. Tras descubrir su mentira, pasé mucho tiempo sin hablarle, reflexionando sobre nosotros. Pensé en marcharme, estuve a punto de abandonarlo a él y la relación en ese momento por haberme engañado de aquella manera, pero no lo hice por dos razones: la primera es porque me dio lástima, al principio de nuestra relación me había apoyado. Pero tenía la sensación de que él no aguantaría la distancia mucho más. La segunda, por necesidad: no tardé en encontrar un trabajo allí y necesitaba mandarle los giros a mi madre para que pudiera cuidar de mis hijos.

Me instalé en La Isla alejada de mis hijos y con un hombre que se hacía el cojo entre dibujos y botellas de coñac. Grave error. Gracias a la suerte (no diré a Dios, pues ya no soy bien recibida en esos lares), conocí a Mamá Concha, una mujer grande que siempre me protegió, y a su hija Mayita, quien se convertiría en mi amiga inseparable, además de en mi familia en la última guerra.

Mamá Concha murió hace pocos años, era una mujer de ojos grandes y pelo recogido. Solía llevar grandes zapatos además de grandes collares a juego con el tamaño de su corazón. Mayita no tiene nada que ver, al contrario que su madre, es ácida, mordaz y tiene un vivo pelo rojo del color de la remolacha. Son antagónicas: la primera es bondadosa, de carácter fuerte pero recatado y los brazos siempre abiertos; la otra, ácida, con un acento canario con el que es imposible no reírte y una mirada de alfiler. Se complementaban bien, y menos mal que las dos se pusieron del lado de mi abuela en «la última guerra», de lo contrario, no sé si yo estaría aquí.

Las personas cambian, y de la misma forma que mi abuela endureció su piel pasando del alambre al hierro gracias a Manos de Fuego, para soportar los cañonazos de la vida y no inclinarse ante las injusticias, mi abuelo también cambió radicalmente, y con él su nombre en esta historia.

Sus estúpidos celos transformaban su personalidad, convirtiéndolo en un ser odioso y temible, además de su adicción, que terminaba sacando lo peor de él. Una noche, me despertó de pronto para interrogarme sobre la relación con mi exmarido. Después de cada pregunta vino un puñetazo que estrelló contra mi cara hasta hacerla sangrar. Luego los golpes restallaron contra mi pecho..., ahí duelen bien. Con mi cara transformada en un mapa era imposible ir al día siguiente a trabajar. Lo primero que hice fue llamar a Mayita, que vino en cuanto pudo cuando él ya se había ido. Por suerte, la empresa de publicidad en la que la Mano Derecha de Dios trabajaba y donde yo había ejercido de secretaria tenía relación directa con la mía, y los empleados ya conocían sus adicciones y explosiones. ¿Por qué lo aguantaban? Buena pregunta. Sencillamente, porque en su trabajo era la

Mano Derecha de Dios pero en lo familiar, en mi vida, se transformó en el Puño Izquierdo del Diablo.

De que me amaba nunca he tenido dudas, lo que sucede es que dejó de saber amar. No sabía cuidar sus sentimientos. En nuestros comienzos fue sumamente tierno, nunca observé que su debilidad fuera la botella, pero terminó derrotándolo a él y a su profesión y consiguió mutar mi admiración en compasión.

Tan pronto acunaba mi alma como la golpeaba... ¿Cómo se acepta eso? Debí de pensar que era como el Caballero de la Armadura Oxidada, pero en realidad estaba sucio por dentro y por fuera, subido a un zopenco más. ¿Dónde estaba el caballo que traía a mi príncipe con su capa de armiño? En fin, Chris, tu abuelo fue, al final, otro gran maltratador.

Falta poco para llegar a unos hechos tan deleznables que te darán una imagen fiel de cómo llegó a ser y de lo que podía hacer. Después, siempre lloraba y pedía perdón, pues sus lágrimas fueron tan continuas como sus golpes. En ocasiones necesitaba creer en él, aunque tardé algún tiempo en comprender que ya no podía hacerlo.

En los siguientes meses, incluyó las amenazas con las que me acostaba cada noche y me levantaba cada mañana: si daba un paso en una dirección que no fuera la suya, llamaría a la policía o a mis exsuegros para decirles dónde se escondía mi madre con los niños.

Se aproximaba la Semana Santa del 73. La Dama de Hierro quería aprovechar las vacaciones para ver a sus hijos. Mi abuela había pedido al Puño Izquierdo del

Diablo ausentarse en esas fechas, a lo que «el poderoso caballero» dio su consentimiento. En realidad, mi abuela tramaba cambiar a los pequeños de lugar, pero debía hablarlo con la Mujer Fantasma. No estaba dispuesta a aguantar ni un minuto más al lado del Puño Izquierdo del Diablo. El plan fue tomando forma en su cabeza según pasaban los días, pues temía que cumpliera su amenaza de delatarlos, aunque le había prometido en infinidad de ocasiones que no lo había dicho en serio. Tampoco tenía la seguridad de que en el último momento cambiara de parecer y la obligara a quedarse con él.

Llegado el momento, la Dama de Hierro se fue a disfrutar de sus días de vacaciones a Alicante, dispuesta a tomar una decisión.

Sorprendió a la Mujer Fantasma al mismo tiempo que el Niño Callado y la Niña de Fuego la sorprendieron a ella. La pequeña estaba preciosa, era toda una muñeca rolliza para los meses que tenía. El Niño Callado seguía tan rubio como siempre, igual de serio y responsable, con una interrogación en la mirada. Carmen buscó las palabras exactas para plantearle a su madre la huida, y las encontró. En ocasiones, dudaba de si realmente era necesario y cómo podía afectar un nuevo cambio a sus dos hijos, que todavía eran demasiado pequeños. Apenas transcurrido un día, sonó el timbre de la puerta y apareció el Puño Izquierdo del Diablo.

La Dama de Hierro deseó que se la tragara la tierra y tardó un solo segundo en comprender su jugada. Él lo tenía todo preparado.

¡Su mente calenturienta había pensado que me pillaría con alguien! Siempre sus celos enfermizos. Naturalmente, no fue así, sencillamente porque no existía ese alguien, nunca en mis relaciones hubo terceras personas. Lo que sí le salió a la carta fue un nuevo embarazo, pues creía que así me tendría más atada.

Antes de viajar me juró y me perjuró que no vendría, así que acordamos que ese mes suspendería las pastillas anticonceptivas, algo en lo que estuvo conforme para que mi cuerpo descansara sin correr riesgos.

Nuestro acuerdo duró lo que tardó él en llegar, quería relaciones sí o sí. Yo me negaba, sabiendo el riesgo que suponía, hasta que la guerra subió de tono. Quise evitar que montara un espectáculo y me destrozara la cara delante de mis hijos y de mi madre, por eso se salió con la suya. Me acosté con él en contra de mi voluntad, pero fue la última vez.

A la mañana siguiente, regresó a La Isla, su guarida, donde podía beber todo el alcohol existente. Respiré. Mejor dicho, respiramos todos. Terminé de contarle a mi madre dónde los iba a enviar antes de que Javier nos traicionara. Para ello tenía que conseguir una cantidad de dinero importante para la casa, los billetes de avión, la comida... y prepararlo todo de manera que no me descubriera antes de tiempo.

Mamá Concha y Mayita me ayudaron adelantándome el dinero que necesitaba. Tuve mucho apoyo por parte de mis jefes y, de vuelta a La Isla, me incorporé al trabajo, pero no fui a casa. Me hospedé en una residencia próxima a mi oficina, aunque sabía que estaba tirando mucho de la cuerda y que en cualquier momento podía estallar todo por los aires. La última conversación que mantuvimos fue para decirle: «No pienso volver».

Terminé de reunir el dinero suficiente que tenía previsto mandarle a mi madre ese mismo sábado. El maldito diablo llevó a cabo su cruel amenaza, el canalla dio la cara como un escorpión y mi madre me llamó para darme la temida noticia... «¡Ay, Carmen, se han llevado al niño!»

Del Niño Callado solo supo que se lo habían llevado los abuelos paternos. La Dama de Hierro cogió rápidamente un vuelo para ir a buscar a la Niña de Fuego y llevarla consigo a La Isla. Gracias a la ayuda de Mayita y Mamá Concha, quienes la cuidaron y fueron su tabla de salvación, pudo volver al trabajo. Además de la niña, y de la persecución diaria a la que se veía sometida por parte del padre de esta por las calles que tenía que recorrer para ir a la empresa, la Dama de Hierro había vuelto a quedarse embarazada, a causa del tiempo en que suspendió las pastillas. La nueva situación complicaba todavía más las cosas a nuestra protagonista y facilitaba también aún más que el Puño Izquierdo del Diablo extendiera su tela de araña y siguiera actuando en la oscuridad.

Una tarde como tantas otras, la Dama de Hierro y Mayita tomaban café en La Tortuga, una cafetería de la plaza de la Victoria, cuando el hombre se presentó. Quería ver a la Niña de Fuego, algo a lo que, por principio, mi abuela no pudo negarse, ya que era su padre. Pero también la aterraba la idea de dejar a la criatura en sus manos. Al final, accedió a que pudiera llevarse a la niña una hora y la trajera de vuelta, de lo contrario, avisaría a la Guardia Civil.

Como era de esperar, la Dama de Hierro se quedó con una sensación rara. Miraba el reloj continuamente y ni siquiera era capaz de escuchar a Mayita cuando intentaba confortarla: «Tranquila, mujer, qué va a hacer este pobre desgraciado». Pasada la hora, el Puño Izquierdo del Diablo no se presentó. Cabía la posibilidad de que estuviera en el apartamento que la Dama de Hierro tenía alquilado en la residencia, pues era un hombre capaz de sobornar a cualquier persona, tanto con su labia como con su bolsillo. Pero no estaba dispuesta a pelearse con él delante de su hija. Sin pensárselo mucho, se dirigieron al cuartel de la Guardia Civil.

Explicaron la situación a una pareja de agentes que no tardaron en personarse en su vivienda mientras ellas esperaban sentadas en un banco. El sargento de turno le dijo que debía formular una denuncia para poder detenerlo. Pasaron horas, minutos y segundos, pero parecía que el reloj no avanzaba, como si el Puño Izquierdo del Diablo hubiera comprado a Cronos, hablando con él desde el reloj que siempre guardaba en el pecho. De pronto, apareció custodiado por una pareja de agentes, seguidos del Sargento con la niña en brazos. Lo llevaban a declarar y, cuando pasó por delante de ellas, dijo: «Míralas, juntas como dos prostitutas». Apenas terminó de decir la frase y empezó a reírse, el Sargento incrustó el puño en su cara a modo de respuesta a sus palabras.

Una vez le tomaron declaración y lo metieron en el calabozo, el Sargento se reunió con la Dama de Hierro y Mayita. Al parecer sí estaba en la residencia, probablemente para tratar de convencerla para que volviese con él. Seguro que primero intentaría utilizar su verborrea y, de no ser efectiva, sus músculos. Consiguió que el recepcionista lo dejara pasar amparándose en la niña y en que la esperaban.

Cuando hablo de este personaje me vuelve del revés como un calcetín y me bloquea del todo. Sabía que había tocado fondo y le daba todo igual, el daño que podía causar, las consecuencias, todo. No aceptaba que me había perdido para siempre. Era sorprendente su capacidad para darle la vuelta a las cosas y sentirse la víctima. Decididamente, el alcohol había vencido a sus neuronas, ¿cómo podía pensar que después de lo que había hecho volvería con él? ¡Pobre hombre! El Sargento me preguntó si quería que pasara la noche detenido como escarmiento, la decisión era mía. Confieso que dudé, pero al final opté por decirle que nos diera un margen de tiempo para llegar a casa y que luego lo soltaran. Tenía a mi hija, final feliz.

Quería volver a Madrid definitivamente.

No podía permitirme desfallecer y, bajo ningún concepto, volvería a besar al diablo. ¡Eso jamás!

Regresé a mi apartamento para darle el biberón a mi hija y recordé la risa maliciosa (como el que sabe que va a sorprender a su enemigo y desarmarlo con un golpe bajo) del malnacido antes del puñetazo del Sargento. Llegué al ascensor, subí, abrí la puerta y encontré la causa de su risa. La cama estaba quemada, mi ropa hecha jirones y tirada por el suelo. Lo peor fue lo del bebé: tetinas cortadas y leche de biberón derramada. En pocas palabras: quedé destrozada, sin alimento, con un bebé en brazos y una barriga prominente. Como era domingo, todas las farmacias estaban cerradas. No me quedó más remedio que llamar a mi amiga y salvadora, Mayita, quien tardó pocos minutos en llegar, buscar una farmacia de guardia y encontrar comida para mi hija.

En este episodio tuve el apoyo total de la gente que me rodeaba. No lo viví como con el Cabezón. No me encontraba tan sola y yo ya no era una niña tonta. Mis amigas cerraron un círculo a mi alrededor, protegiéndome en todas direcciones; a ellas les debo mi eterna gratitud.

Lo tenía casi todo organizado para volver a Madrid con mi hija y el bebé dentro de mí cuando la madre naturaleza alteró mis planes y encharqué el suelo de manera repentina.

24
Nochevieja del 73

El miedo es la única palabra que se inventó
para derribarla

¡Y tanto que los alteró! Y en plenas navidades de 1973, faltaban solo unas horas para finalizar el año. La Niña de Fuego amaneció con el cuerpo y la cara salpicada de manchas rojas, fiebre alta y todos los síntomas del sarampión. La Dama de Hierro se tiró el día cambiando la ropa de su cuna y lavándola, agachada junto a la bañera. Tenía fuertes dolores que pensaba que serían debidos a la postura. En realidad eran dolores de parto. En las últimas horas había tenido contracciones, pero ni siquiera pensó en la posibilidad de que mi madre se adelantara al nacer.

Estaba tan absorta con la Niña de Fuego, y esta a su vez tan enferma, que no le quedaban fuerzas para nada. Se tambaleaba como una casa en ruinas, una casa cuyas paredes se desmoronaron a punto de quebrarle la espalda en dos. Pero remontó, enderezó su columna vertebral y se puso en acción.

De nuevo, llamó a su hada madrina para que se ocupara de la niña y se fue corriendo (pero despacio) al Hospital San José, donde la atendieron de urgencia.

—Creo que estoy dilatando, necesito que me pongan

179

algo para pararlo porque estoy sola con una hija pequeña con sarampión y no puedo quedarme ingresada...

Las enfermeras se miraron entre ellas, después miraron a mi abuela y dijeron:

—Vamos a ver...

El bebé estaba coronando.

Es una cosa que dicen en los hospitales cuando asoma la cabeza.

La Dama de Hierro no podía irse a ningún sitio. Sin tiempo para nada, llamaron a un médico, le clavaron un gotero e, incluso con el vestido aún puesto, se quedó dormida en una camilla de carrera al paritorio. Así nació mi madre, Aica. Abrió los ojos al mundo a las 3.25 de la madrugada del 31 de diciembre de 1973. Nació ochomesina y pesó 2,750 kilogramos. Aquella noche, la Dama de Hierro recibió el año nuevo con el claxon de los coches que pasaban por delante de las ventanas del hospital mientras sus pasajeros gritaban: «¡Felicidades, mamá!».

La Nochevieja le trajo una vida nueva. Cuando despertó, el doctor estaba a los pies de su cama con el bebé en brazos.

—¡Felicidades! —celebró este, con una sonrisa de oreja a oreja—. Ha tenido una niña con los ojos grandes como su cara. ¿Qué quería usted?

—No me engañe, no me lo creo... —La Dama de Hierro quería otra niña para que fuera la compañera de juegos y vida de la Niña de Fuego.

—Aquí la tiene —dijo el doctor, colocando a mi madre en brazos de mi abuela.

Me tengo que reír, querido lector.

Mi madre y mi tía son las personas más parecidas y que peor se llevan que he conocido en mi vida. La Niña de Fuego será una mujer dictatorial y de carácter fuerte, igual que mi madre, capaz de rozar la crueldad con las palabras en las discusiones. Aica será una mujer psicótica con fuertes brotes y profundos problemas en el dominio de las emociones. La mezcla era explosiva y el resultado de la ecuación, una familia de mierda. Tienen muchas cosas en común, pero quiero resaltar su debilidad en el mundo de los hombres y una peligrosa ira. No sé si inventaron el escondite inglés, saltaron juntas a la rayuela o si empezaron a fumar a escondidas. Puede que la una guardara los secretos de la otra, se pelearan por el baño por las mañanas o que se quieran un poco más de lo que se detestan; lo que sí sé es que, a pesar de todo, en determinados momentos a lo largo de su vida, se ayudarán mutuamente. Pero nunca tendrán la relación de hermanas que mi abuela esperaba.

Ahí estaba Aica, prematura, con un mes de antelación y una deshidratación que se presentó a los pocos días y que casi le cuesta la vida. La superó gracias a su mala leche, diría yo.

La Dama de Hierro debía quedarse un par de días ingresada. ¿Adivinas cuál fue su primera visita? El Puño Izquierdo del Diablo. Mi abuela no podía creer lo que veían sus ojos, ni su osadía ni su cinismo. Se acercó a ella como un padre feliz y se sentó en la cama, recomenzando su pegajosa conquista. Lo mismo de siempre: grandes frases, un enorme ramo de flores y nada que no hubiera escuchado antes. Insistía en intentarlo de nuevo, a lo que ella volvió a decirle que no. Él entró en cólera y sustituyó las buenas palabras por amenazas e insultos. Por último, al ver que no conseguía sus propósitos, le cruzó la cara. Después, se fue por donde había venido con el tiempo justo para que mi abuela le dijera: «No vuelvas jamás». El Puño Izquierdo del Diablo la miró con odio y lo único que se escuchó después fue un portazo como antesala de la libertad.

Paralelamente a estos hechos, los abuelos paternos del Niño Callado no solo se habían llevado al pequeño, sino que, aconsejados por su abogado, interpusieron denuncias falsas en el Tribunal de Menores con el único objetivo de evitar cualquier tipo de responsabilidad al negarse a devolver al niño.

«Esa mujer no tiene ningún trabajo.»

«Abandonó a su hijo y lo encontramos en las escaleras de un teatro.»

«Es prostituta.»

Cuando la Dama de Hierro salió del hospital, recogió a la Niña de Fuego, que ya tenía quince meses, e hizo las maletas dispuesta a marcharse definitivamente de La Isla. Cumpliendo la promesa que un día se había hecho a sí misma, los apellidos de Aica fueron los mismos que los de la Niña de Fuego.

Jamás un hombre volvería a chantajearla con sus hijos.

A principios de 1974, Manos de Fuego falleció de un infarto repentino del que la Dama de Hierro no se enteró hasta una semana más tarde, cuando ya había sido enterrado. La Mujer Fantasma la llamó días después y arguyó no habérselo dicho antes porque no merecía la pena el viaje si ya no estaba vivo. Aquella fue la última decisión que la Mujer Fantasma tomó en nombre de su hija y la más dolorosa de todas. Sin duda alguna, habría ido a despedirse de él aunque hubiera parido en pleno vuelo. La última vez que lo había visto, en el metro de San Bernardo, Manos de Fuego la había abrazado fuerte, pero no reanudaron nunca su relación, lo que hizo la pérdida más dolorosa.

Sí, si deciden por ti, te equivocas dos veces.

El Puño Izquierdo del Diablo siguió intentando hacerle la vida imposible, aunque su decisión de marcharse era inquebrantable. Recibió la liquidación una vez terminado su periodo de maternidad. Con la ayuda de Mayita y Mamá Concha, cargada de maletas y con dos bebés a cuestas, se dispuso a coger un taxi que la llevara hasta el aeropuerto. De repente, ¡ironías de la vida!, y por última vez en este relato, apareció el Puño Izquierdo del Diablo, acusándola de rapto: «¡Se lleva a mis hijas, deténganla! ¡DETÉNGANLA!».

Un policía se acercó a ellos. Mayita y Mamá Concha entraron en acción e intentaron distraerlo, pues parecía dispuesto a impedir que la Dama de Hierro cogiera el taxi y se cosiera unas alas en forma de avión hasta que se aclarara el asunto. Tras una discusión verbal a cinco voces, apareció el Sargento, el mismo señor que le había arreado un puñetazo a mi abuelo cuando lo detuvieron. Dio la orden de que el taxi siguiera su camino con Carmen y las niñas dentro, dejando atrás al resto. El Puño Izquierdo del Diablo rabió en mil idiomas distintos.

La Dama de Hierro se puso las alas del avión segundos antes de que despegara sin perder a ninguna hija en el camino. Y escapó para siempre con altura, como canta Rosalía.

24.2

Aica y el Hombre Que Quiso Morir

Ha llegado el momento de cumplir una promesa.

Cuánto me hubiera gustado contarte que esto es un cuento.

Los hechos que vienen ahora no pasaron estrictamente en este trozo de espacio tiempo en la historia. Pero el nacimiento de Aica, mi madre, me parece la mejor excusa para que te hagas una idea de lo que sucederá veinte años después, antes de continuar. Mi infancia fue muy distinta, querido lector y necesito que entiendas cómo llegué a ser el hijo de mi abuela. Aunque esto no va a estar bien escrito, solo te lo voy a contar.

Nunca conocí a mi padre.

Bueno, en realidad sí.

Pero no.

Hay una foto lo suficientemente antigua como para decir que existió.

Que existimos juntos, incluso.

Porque me sostiene en brazos.

Es una foto bonita porque tiende a verde. Como sus ojos. Y su boca sonríe flojo.

Que se llama Antonio. Que es de Sevilla. Y que murió.

Una vez le pregunté al niño de la foto: «¿Quién era?».
Pero mi yo pasado arquea las cejas. Y levanta los hombros. Y las manitas. Porque es lo que hacías tú cuando eras niño y te preguntaban cosas raras.

Y rápidamente seguías con lo que estabas haciendo porque era lo más importante del mundo.

No nos acordamos de aquello, solo sabemos que fue feliz.

Pero ya está. Solo eso.

Y no me basta.

Quiero más.

Pregunté por él.

En el colegio. A mi madre. Y a la abuela.

Mucho antes de hacerme mayor incluso.

Pero es lo típico, el tópico, la cabeza gacha y los ojos en cualquier lugar que ya no existe: «Te quería mucho», «Está en el cielo», «Aún recuerdo su mirada el día que naciste», «Eres su viva imagen, la misma ilusión, los mismos pliegues», «Los ojos no, los ojos son de tu madre».

Un día, hace ya algún tiempo, pregunté por él a saco ya.

Y no me valían las frases hechas ni las palabras huecas.

A mi madre, además. Que es un poco la mejor persona que puede contarme la historia de mi padre. Porque también es la suya. Y me la contó. Por fin. Me atreví a saber.

Y fue algo así (y digo «algo así» porque en vez de párrafos fueron años; por lo demás, tal cual).

«Lo conocí en una discoteca de Sevilla y me ayudó a quitarme de encima a unos niñatos que me estaban acosando.»

No quiero saber los detalles porque todavía no sé luchar contra la izquierda del tiempo.

«Me preguntó mi nombre y se lo dije. Pero estaba llorando y tenía un acento de sal andaluz, así que lo acortó en Aica. Más fácil. Más corto. Y más directo.»

Y mi madre pasó a llamarse Aica unos años.

Mi madre se instaló en casa de los padres de mi padre.

Mi padre siguió bailando en discotecas y mi madre no sabe que a eso se le llama ser gogó.

Y así un par de años extraños que pasaré por encima porque esta no era una historia de amor.

La familia de mi padre era profundamente humilde.

Aica le enseñó a leer. Y a escribir.

Mi padre le hizo pendientes con aguja y hielo.

Aica tocó el pie de Santa Marta entre la multitud y la Semana Santa.

Mi padre quiso un hijo.

Y ahí ya aparezco yo.

Pero no había dinero.

Y mi padre seguía bailando en discotecas. Y Aica, poca cosa. Y mi abuela estaba en Madrid. Y todo era difícil.

Así que mi padre empezó a traficar.

Y el tráfico lo llevó al consumo.

Al relámpago en vena.

Y Aica se desenamoró. Y me cogió en brazos. Y volvió a casa. A Madrid.

Mi madre me ha dicho que tardó en tomar esa decisión. Que mi padre nunca la olvidó. Recuerda cómo, durante dos semanas, le bajaba la comida al garaje porque se encadenó ahí, con mucha metadona. Y ganas de vivir. Y de Aica. Y de hijo.

Ganas de hijo porque tuvo uno antes que yo pero no pudo estar con él porque la madre era la chica más rica del pueblo y sus hermanos le daban palizas cuando intentaba verla a la salida del colegio.

Mi padre nunca quiso que Aica y yo nos marcháramos. Pero creo que Aica estuvo bien ahí. Gracias.

Mi abuela le mandó dinero en varias ocasiones para que cogiera un autobús. Y venía a verme, me cuentan. Y a Aica. Y le daban de comer. Pero estaba amarillo. Y había engordado mucho. Y luego adelgazó el triple. Y en sus ojos había barcos hundidos y playas sin arena y adoquines partidos y flores pisadas. Pero me tocaba la guitarra y me cantaba Navajita Plateá. Y no se había olvidado de leer. Y me leyó. Tampoco se olvidó de reír, así que aprendí a sonreír como él, como en aquella foto en la que me sostiene en brazos. Ni olvidó escribir; así que escribió, justo antes de aprender lo último: a morir.

No hubo pensión.

No había dinero.

No pasa nada.

Si no hay, no hay.

Pero es que tampoco hubo cura.

Ni espíritu suficiente, ni garra encaramada al precipicio. Y me habría gustado. Que saliera del pozo para ver sus ojos y creer que podrían ser los míos y convertirlos en verdes. Y que me hiciera pendientes. Y que me enseñara a tocar la guitarra. Y a bailar. Y ese acento de sal.

No pasa nada.

Si no hay, no hay.

Pero me gusta mucho una cosa.

Una cosa en la que coinciden Aica y la abuela: era una bellísima persona. Además, siempre utilizan esas palabras. Esas cuatro palabras. Era. Una. Bellísima. Persona. Yo creo que lo dicen porque antes de morir mi padre llamó por teléfono. Le dio las gracias a mi abuela. Por los billetes. El plato en la mesa. Porque me sacara adelante y porque todo el mundo sabe cuando mira los ojos de mi abuela lo que es, lo que hace y lo que deja.

Y después habló con Aica porque estaba enamorado y todos lo sabían y el tiempo no lo curó. Ni el amor, ni la droga, ni la pena.

Mi padre fue incurable.

A veces me parezco a él.

Se tatuó «Aica» en un brazo y «Christian» en el otro.

Y era un cadáver.

Y yo empezaba a tener memoria.

Y nunca volvería.

«Aica, quiero morir, necesito morirme ya.»

Y así fue.

Mi padre murió porque quiso morir.

Pero murió decidiendo que el último recuerdo que tendría de él sería una foto lo suficientemente antigua como para saber que existió.

Que existimos juntos, incluso.

Porque me sostiene en sus brazos.

Y tiende a verde.
Como sus ojos.
Y yo sonrío flojito.
Como su boca.

la calma

Entre los años 80 y 90

El hambre arrasa África, surge el sida y en Ucrania explota Chernóbil.
Motorola saca el primer móvil, inventan el telescopio y E. T. vuelve a
casa.
Conocemos a Michael Jackson, surgen las hombreras,
Pac-Man, el Tetris y el primer
Mario Bros.
Isabel Allende escribe La Casa de los Espíritus *y mi abuela*
construye una familia.

25

Pisar la tierra

Que quererse
resulte sencillo

Me lo dicen mucho.

A ver cuándo escribes algo que no sea de llorar.

Me ha gustado, pero es un poco triste.

¿Para cuándo una historia de amor?

A menudo las grandes ideas nacen de juntar muchas pequeñas: la diminuta escena de una película, la conversación breve en un taxi, la camarera de siempre con el pelo suelto o una cosa que te dice tu abuela.

Para contar una historia de amor profundamente feliz hay que saber mentir o, mejor dicho, inventar, que no es lo mismo.

La gente me ha dicho estas cosas. Gente a la que quiero y gente a la que ni un poco. Coinciden. Debe de ser que tienen razón. Aún no sé inventar historias.

Hace más de dos años publiqué mi último libro, *Aquí dentro siempre llueve*, un poemario que me enseñó bastantes cosas, entre ellas a alejarme de aquello que me hace daño. En la promoción del libro, me hicieron una entrevista en la radio donde me dejaron elegir cinco canciones. Las fueron poniendo entre sección y sección durante el programa. La primera era *Fiesta en el infierno* de Fangoria.

La periodista y yo no tardamos en conectar por dos motivos: para empezar, le gustaba Fangoria más que a mí. Y para seguir, se había leído el libro. Un gesto amable y muy de puta madre por su parte, ya que los periodistas casi nunca se leen el libro antes de charlar con un autor. La señora me dijo, literalmente: «No esperaba que fueras un chico tan alegre». Fue la primera vez que me pregunté seriamente si a los demás les parezco un chico triste y si todo lo que escribía era de llorar porque no sé inventar historias. Solo sé escribir sobre lo que me atraviesa. Por lo tanto... ¿solo me atraviesan las cosas tristes?

Se lo he preguntado a unos pocos amigos y no dirían que soy un chico triste. Tampoco mis exnovios. Me gusta ir a mi bola. Soy solitario. En ocasiones, insoportable. A menudo bromeo y pienso que, si me conociera a mí mismo desde fuera, es decir, si Chris conociera a Chris, me caería un poco mal. Pero no soy triste. Soy muchas cosas, pero ¿triste? Al acabar de leer este libro, dímelo tú.

También pensé en lo de la historia de amor. ¿Cómo se hace una historia de amor? Sería incapaz de escribir un libro que me aburriera, que no me terminara de creer. Las historias de amor no son las que más me gustan porque les perdí la fe. Quizá un día las idealicé. No solo hablo de libros, también de películas, canciones o incluso experiencias personales.

Ahora que lo pienso, ninguna de las cinco canciones que propuse en aquella radio era romántica. Eso sí que es raro. No solo porque las canciones no románticas son difíciles de encontrar, sino porque si hay algo que salva mi día a día, si mi rutina pudiera tenderle la mano a lo imprescindible, son las típicas canciones de amor que se han convertido en himnos a lo largo del tiempo.

Acabé desencantado con las historias de amor porque, cuando uno baja de la nube, deja de mirar al cielo, y quienes miran al cielo siguen esperando algo mejor. Y yo creo que esperar es una de las peores cosas que podemos hacer. Cuando me di cuenta de esto, empecé a mirar de frente.

Hay un libro que habla de esto mucho mejor que yo: *El amor dura tres años*. Es un título incómodo, para algunos puede incluso resultar desagradable, pero de la misma forma que la muerte revaloriza la vida, la existencia de un final les otorga a las cosas una belleza infinita. Todo lo que acaba es lo único que puede ser para siempre, porque que algo termine solo significa que puede volver a empezar, es tan contradictorio como que para ser libre uno tiene que marcarse límites.

Cuando uno baja de la nube empieza a valorar la tierra, porque es donde están las cosas sencillas. De hecho, mi amiga Elvira es feliz sencillamente porque tiene naranjas. Le alegra la idea de que a la mañana siguiente empezará el día con un buen vaso de zumo natural. Y se agarra a las riendas de esa idea tan fuerte que le lleva a estar bien hasta la mañana siguiente. A mí me parecía increíble, pero he aprendido algo de mi amiga y de su zumo: a valorar la tierra.

El amor está en los gestos sencillos hacia los demás y hacia uno mismo porque es una flecha en dos direcciones. A mí me hace feliz oler a champú. Que es una cosa rara, pero que tiene mucho que ver con la felicidad porque es a lo que huele mi momento favorito. Hacia las nueve de la noche, unas zapatillas se estrellan en la cuneta de un salón, y el resto de la ropa, calcetines incluidos, forman una hilera camino al baño, como en *Hansel y Gretel* pero sin pan. Ahí me meto a remojo, como los garbanzos, y salgo oliendo a champú.

A veces estoy contento todo el día solo porque al final oleré a champú. Soy feliz incluso después, en ese difícil momento en el que abres la puerta del baño, escapa un manto de vaho y sopla el frío. Ese frío me despierta. Me pone alerta. Y es importante encontrar estabilidad en cosas que, en principio, no son cómodas. Como cuando sales a correr. Me gusta que lleguen las nueve porque hiervo, me enfrío y huelo a champú.

Y ya sabes que la historia de amor más digna siempre es la propia.

Son este tipo de cosas a las que me refiero; el amor es algo sencillo. Sin embargo, si tuviera que inventar una historia romántica sobre mi «ducha» y la manera como me quiero, como la que le gustaría leer a la gente, en la que deje de estar triste (o eso es lo que el mundo cree), mi historia de amor tal vez tuviera un enorme jacuzzi blanco en una altísima noche de Barcelona, ciento setenta y nueve velas repartidas estratégicamente en una azotea de madera, sidrita, hidromasaje, música, osos polares en lugar de toallas y, por si fuera poco, champú de arcilla y coco. Sería la hostia. Como volver a una película romántica y soñar con lo que no sucede a no ser que esperes toda una vida y tengas toda la suerte del mundo en el mismo bolsillo. Por eso este libro huele a champú del Mercadona, tiene una ducha de uno por uno y me seco con una toalla un tanto pequeña sobre la que descansa encima del bidé mi gato, Bastian.

Como te decía, uno baja de la nube y por eso no voy a escribir una historia de amor como la gente querría. Tal vez ya la viví, pero eso es otra historia que poco tuvo que ver con el amor. Yo estoy buscando algo más sencillo, algo de la tierra, donde pueda introducir la mano y mover la muñeca con ligereza, mirando al frente, una historia de amor en minúsculas que me haya atravesado y sin duda me haya tocado atravesar, como una flecha en dos direcciones.

Me gusta pensar que escribir sobre mi abuela para alejarla de la muerte es una bonita historia de amor, aunque haya quienes no vayan a darse cuenta. Que quedarse la noche en duermevela mirando los ojos de tu abuela hasta descubrir un fantasma también lo es.

Vive ahí y quiere decirme algo, pero todavía no he conseguido descifrarlo; ¿de dónde vienen?

Música fría, hijos arrancados de cuajo y la desnudez por el camino de los hombres...

Yo que sé.

Solo he descubierto dos cosas.

Una es que sus ojos vieron la muerte. (Y la tristeza es una liendre en sus pestañas que no acepta fármacos.)

La otra es que de ellos aprendo. (Y que escucharé sus ojos para guiar los míos, saber dónde colocarlos y no dejar que este mundo me cambie la mirada.)

26
El juicio de Salomón

A veces soltar lo que amas es la mejor
manera de protegerlo

¡Alas!

La vida cosió alas a la espalda de la Dama de Hierro para saber que debía levantar el vuelo.

Quizá esa sea la causa por la que le gusta tanto cambiar de lugar.

Todos los principios son difíciles, y este no va a ser diferente, lo único distinto es que aquí empieza el principio del final.

A lo tonto el libro ha engordado casi tanto como yo en las meriendas con la abuela, él con historias y yo con café y pipas.

En cambio, mi abuela ha adelgazado escandalosamente.

Cuantos más capítulos avanzábamos, más menguaba su figura por algo que todavía desconocemos. No digiere bien la comida y parece una angula.

Pero bueno, volviendo a la historia, consiguió escapar salvando todos los obstáculos. No dejó rescoldo ni cenizas, quizá porque con el Puño Izquierdo del Diablo nunca hubo fuego, o quizá porque él mismo lo apagó.

No tuvo otra opción que alojarse en una pensión de la

calle de los Madrazos, próxima a la Cibeles, con sus dos hijas. Era algo provisional, amueblado y bien comunicado. Tenía cuatro habitaciones, un baño, un amplio salón y una cocina pequeñita. Lo siguiente sería encontrar un colegio y un trabajo, y la suerte la acompañó una vez más, pues se reencontró con Jimena, una amiga de la infancia con quien había compartido los guateques y a Elvis, el ron y su juventud. Afortunadamente, acababa de abrir un colegio en la calle Alfonso XIII que contaba con autobús escolar. Gracias a Jimena, pudo compaginar el cuidado de sus hijas con su trabajo final. Lo encontró en las páginas de un periódico que recortó, mira:

EDICIONES DANAE, S. A.
PRECISA
SECRETARIA
DE DIRECCION

Experiencia en puesto similar, perfecto dominio de redacción de correspondencia, mecanografía y taquigrafía, personalidad acusada.
Ofrecemos: Salario a convenir, jornada continuada con ayuda para comidas, jornada intensiva en verano
Interesadas llamen mañana lunes al teléf. 243 91 02 ó 3, de 9 a 2 y de 3 a 6. Señorita MARIA
(M-520.597.)

Manos de Fuego se había ido para siempre.

La Mujer Fantasma había regresado a Madrid y quiso vivir con la Dama de Hierro, según ella para ayudarle con sus hijos. En su nuevo trabajo, conoció a la última persona más importante de su vida antes de la soledad escogida, querido lector: el Hombre Bueno. Siempre había creído que el Hombre Bueno era mi abuelo. Con esta historia he descubierto que no, aunque sea el único hombre al que he visto junto a mi abuela, aunque mis ojos no se acuerden de él.

Mi abuela empezó de nuevo como secretaria en la editorial Océano Éxito, cuya sede estaba en Barcelona, como las sedes de casi todas las editoriales. Comenzó una andadura en el mundo laboral en la que tuvo incontables alegrías durante una década. Pero debió atravesar el último aro de fuego: el del Niño Callado. Para explicaros esta historia he decidido rescatar un relato bíblico que me contaron cuando era pequeño y que me va perfecto. Seguro que tú también lo conoces:

Cuando murió David, Salomón se convirtió en el rey de Israel.

Dios, que estuvo rápido, se le apareció en sueños y le dijo:

—Pídeme lo que quieras —dijo con voz de Constantino Romero.

—Solo soy un niño y me has hecho rey, por lo tanto, te pido un corazón comprensivo para juzgar a mi pueblo y discernir entre el bien y el mal.

Eso complació a Dios.

—Como has pedido esto en vez de oro, la muerte de tus enemigos o una vida inmortal, te concedo un corazón sabio y comprensivo.

Y Salomón despertó.

Tiempo después, acudieron a la corte dos prostitutas, una de ellas le dijo:

—Oh, mi rey, esta mujer y yo vivimos en la misma casa. Yo tuve un hijo en esa casa y al tercer día esta mujer parió también. Estábamos solas, ella se levantó a medianoche y me robó a mi hijo mientras dormía dejando a su hijo muerto sobre mi pecho. A la mañana siguiente, me levanté para darle de mamar con la sorpresa de que estaba muerto. Cuando miré su cara supe que no era mi hijo.

—De eso nada. ¡El niño vivo es mío y el muerto es tuyo!
—Y así continuaron su discusión frente al rey Salomón.

—¡Traedme una espada! —gritó el rey desde su trono—. Dividiré a la criatura en dos y le daré una mitad a una y la otra mitad a la otra.

—Oh, señor, ¡dadle a ella la criatura y no la matéis! Pues prefiero que viva aunque no la tenga conmigo a que muera —dijo la primera mujer entre sollozos.

—No. Ni para ti ni para mí, ¡dividila! —gritó la segunda mujer.

—Dadle la criatura a la primera mujer, pues ella es su madre —ordenó Salomón.

Y todo Israel entendió el juicio que el rey había hecho y vio la sabiduría que moraba en su corazón.

Desde su vuelta a Madrid, la Dama de Hierro intentó recuperar al Niño Callado vía el Tribunal de Menores. Ese era un tema doloroso y muy complicado, los abuelos paternos habían hecho un buen trabajo con sus acusaciones y difamaciones con el fin de conseguir la custodia del niño y administrar su paga de orfandad y el seguro que cobraban por el accidente que quitó la vida al Cabezón.

La Dama de Hierro tuvo que pasar por el psicólogo

del tribunal y aportar una serie de justificaciones de trabajo, casa y no sé cuántas cosas más. Desmontó poco a poco las mentiras de hormigón que los abuelos paternos habían construido sobre su sombra y los recuerdos del Niño Callado. No fue tarea fácil, costó tiempo, muchas visitas, lágrimas secas y una sensación de injusticia e impotencia que mi abuela aún lleva clavada en el costado. Lo peor de todo fue el lavado psicológico que sufrió su hijo.

El Niño Callado detestaba a su madre.

Pensaba que lo había abandonado y la miraba como a una mujer cualquiera, además de culparla de la muerte de su padre. Aunque la verdad a veces esté oculta, cuando existe, se puede. La jueza le concedió un régimen de visitas para ver cómo respondía el niño, y lo cierto es que no pudo ir peor. El pequeño estaba totalmente influenciado y aleccionado por los abuelos y, cada vez que tenía que irse con su madre, se rebelaba de manera salvaje. El último día, saliendo del tribunal, con tal de no acompañarla, se agarró al marco de la puerta, llorando. Los abuelos debieron de disfrutar de lo que consideraban un triunfo al volver a casa con el pequeño.

No puedo contarte lo que pasé, Chris.

Ni lo que sentía, es absolutamente imposible.

No existen palabras en el castellano para contar mi dolor.

Dándome cuenta de lo perjudicial que era para mi hijo y las consecuencias que tendría para él, un buen día tomé una decisión. Pedí una cita con la jueza y la psicóloga. Por aquel entonces, ya se habían dado cuenta de que yo no era el monstruo que mis exsuegros habían dibujado. Aun así, valorando la situación y viendo el sufrimiento del pequeño, me negué a llevármelo nunca más si no trabajaban emocionalmente con él. No estaba dispuesta a seguir haciéndole pasar por semejante trance. Así fue como corté esos episodios tomando una de las decisiones más difíciles de mi vida. No quería que mi hijo viniera a casa forzado por dos agentes mientras se sujetaba al marco de la puerta tratando de impedirlo... era una imagen dantesca, así que, tras mi propio juicio salomónico y con todo el dolor de mi corazón, renuncié a mi hijo.

27
El Hombre Bueno

Es un gran error afirmar lo que no harás jamás
porque precisamente es lo que haces

El trabajo no podía ir mejor.

La Dama de Hierro se dedicó a criar a la Niña de Fuego y a Aica mientras le cedía el paso al tiempo, que corría a su favor y colocaba las cosas en su sitio. Al fin y al cabo, los años son el mejor aliado de la verdad.

La Niña de Fuego.

Aica.

Sus hijos evolucionaban en todos los aspectos y había recuperado su libertad. Con treinta y cinco años se había convertido en una mujer capaz de tomar sus propias decisiones, y cuando intentaban moldear sus intereses, cuando alguien se atrevía a ponerle la mano encima, ya no encontraba alambre, sino un hierro inoxidable imposible de malear. Adamantium. Acero élfico. Forjada en fuego valyrio. Lo que quieras. El caso es que desde que abandonó al Puño Izquierdo del Diablo se prometió a sí misma no volver a pisar nunca más el mundo de los hombres. Ni que decir tiene que es un gran error afirmar lo que no harás jamás, porque precisamente es lo que haces.

Es entonces cuando apareció el Hombre Bueno.

Reconozco que no he dejado mucho hueco para la imaginación con su nombre, ¿cierto? Pero es que será el último y el de verdad.

Era alto y tenía ojos de carbón, el pelo lacio y un sentido del humor de lo más absurdo. Creía en el poder de escuchar y siempre decía que si teníamos dos oídos y una boca sería por algo.

El Hombre Bueno.

Lo conoció en el trabajo.

Solía decirle: «Anda, invítame a un cafetito, Carmen».

Esta era la frase que repetía constantemente. Se sentaba a orillas de su despacho, se tomaba su café, mejor dicho, el de mi abuela, y le hablaba constantemente de viajes, de los lugares del mundo que le gustaría visitar y de cifras. Había una corriente de simpatía entre los dos, pero nada más. Él estaba casado y ella no quería saber nada del amor.

Pasó el tiempo sin grandes cambios cuando, un día, sonó el teléfono.

El Hombre Bueno había tenido un accidente de coche yendo a la delegación de Barcelona. Iba con Ángela, su mujer, y los dos hijos de ella. Las primeras noticias fueron preocupantes. Ángela estaba en coma y muy grave, los niños, ilesos, y El Hombre Bueno, que conducía el coche, había sufrido un fuerte golpe: tenía una herida grave en la pierna y una oreja completamente arrancada. La persona que salió peor parada fue su mujer, que iba de copiloto, dormida, con la cabeza apoyada en la ventanilla. Salió despedida dando vueltas unos metros antes de parar, y recibió un fuerte golpe que, tras tres meses de ingreso, causó su muerte. No, nunca se recuperó del coma. El Hombre Bueno perdió a su esposa y los niños se quedaron sin madre.

La primera vez que La Dama de Hierro fue a verlo, lo encontró con una pierna escayolada, sin oreja y con cicatrices corporales profundas que se terminaron cerrando. Al menos casi todas. Hubo un resquicio en su cabeza que no cicatrizó nunca. Tardó unos meses en volver a la empresa donde mi abuela seguía trabajando, y a menudo le pedía favores, como por ejemplo que le aconsejara qué ropa comprar a los niños. Estaba perdido, aun así se hizo cargo de los pequeños aunque no fuera su padre, ya que era un gran hombre.

Un día apareció en la oficina y dijo, con los carbones llenos de ilusión:

—Carmencita, si este mes llego a los dos millones de facturación, te invito a cenar esta noche.

—¡Vale! —respondió ella sin darle más importancia y olvidándose del asunto en un instante.

Cuando llegó a la cifra, tocó la puerta del despacho de mi abuela con la intención de cumplir su promesa.

Quedamos en un buen restaurante en la calle Orense, donde, por cierto, perdí unos guantes negros de piel maravillosos. Si sigues con la idea del librito mete esto, no vaya a ser que aparezcan.

Cenamos, charlamos y después fuimos a un piano bar a tomar una copa. Era un buen conversador, cercano en el *tête à tête*, alegre, atento y conquistador, así que la noche transcurrió de manera muy agradable. No fue la única noche, ni la única salida; hacía más o menos tres meses que Ángela había fallecido. Tenía vida, treinta y tres años, pero la peor parte era el sentimiento de culpa que se posó en el fondo de Rodolfo. Así se llamaba. Se sentía culpable porque percibía que su pena era menor que la que debería sufrir. Claro que fue recomponiéndose con el tiempo, y con las palabras de los compañeros, amigos y familia.

Todos los que lo conocíamos sabíamos que era duro consigo mismo. Generoso de sentimientos y noble, quizá en demasía; prueba de ello es cómo había aceptado a los hijos de su mujer.

Las salidas se fueron incrementando, las confidencias y el roce hicieron lo demás. Seguimos viéndonos, paseábamos juntos los fines de semana, hacíamos alguna que otra escapada nocturna, algo que a él le encantaba. Le gustaba la buena mesa, el buen vino y el buen sexo.

La relación se fue consolidando hasta el punto de que me pidió que viviéramos juntos. Reconozco que me lo pensé, me daban miedo los hombres, pero este tenía un gran corazón y lo veía seguro de sí mismo. Así que rompí la promesa que me hice a mí misma y, por tanto, él llegó a la meta.

¡¿Cómo imaginar que llegaríamos a casarnos?!
Fueron los 17 años más felices de mi vida.

No tardó en aparecer la enfermedad maldita.

Una lesión en la cabeza.

El primer síntoma fue un temblor en la mano izquierda que le llegaba hasta el ojo y la sien. Duraba unos segundos que comenzaban a ser preocupantes. En esa etapa, el Hombre Bueno fumaba como un cosaco y comía como si no hubiera un mañana, todo en él adquirió dimensiones excepcionales.

He dicho «enfermedad maldita» y está mal.

Hermione dice que omitir un nombre solo incrementa el temor a lo nombrado. Y tiene razón. Hay que desdramatizar y familiarizarse con el nombre real de las enfermedades: hablamos del cáncer.

Al principio fue de bajo grado, aunque la rebeldía que caracterizaba al Hombre Bueno, propia del miedo, dio pie a que se malignizara.

Cuando comenzaron los primeros síntomas, ni mi abuela ni él tenían ni idea de qué podía ser. Corría el año 1982 y entonces la investigación no había avanzado como ahora. De los primeros síntomas a ponerle nombre pasaron muchos meses. A pesar de todo, la relación se afianzó, aprendieron a disfrutar juntos de la vida hasta que se enamoraron. Cada día un poco más.

Visitaron al cardiólogo, pero no les aclaró nada.

Continuaron con un periplo de consultas y lo siguiente fue un electrocardiograma que tampoco esclareció la situación.

La clave llegó al cabo de unos meses. Julio azotaba la tarde con su látigo de fuego. La Dama de Hierro estaba embarazada de seis meses de su último hijo. Y El Hombre Bueno, tirado en el sofá, agotado tras un largo viaje. De pronto su cabeza, roja como una granada, empezó a convulsionar de un lado a otro. Mi abuela se levantó con la rapidez que le permitió su ignorancia, pues creía que se trataba de un infarto. Cuando intentó sujetarle la cabeza le fue imposible, a Rodolfo empezó a salirle espuma por la boca y mi abuela trató de que no la mordiera. Al cabo de unos segundos, los síntomas desaparecieron sin que el Hombre Bueno se acordara de nada.

Cuando la Dama de Hierro le explicó lo sucedido, se negó a ir a un hospital. Para evitarlo, empezó a dar vueltas alrededor de la mesa, huyendo de mi abuela, hasta que esta lo convenció, lo metió en el coche y fueron a La

Concepción, en Moncloa. Allí le realizaron un electro, pero tampoco consiguieron más información. Una enfermedad aún por diagnosticar empezó a asomar la cara desde el otro lado de la Luna.

28

Una sonrisa sin ánimo de lucro

La mejor cura para un enfermo es coger una silla,
sentarse a su lado
y escuchar

Esto coincide con la reaparición de mi hijo mayor.

—¿El Niño Callado?

—Así és.

Llamó una noche a la puerta de casa después de muchos años. Cuando abrí y lo vi tan guapo pero a la vez tan mayor y desmejorado, tuve la oportunidad de comprobar el pozo en el que había caído: la droga. Concretamente en la heroína, que produce efectos eufóricos y que en los ochenta se empezó a consumir desmesuradamente, a pesar de su alto precio y de que estaba prohibida. Les costó la vida a muchos jóvenes y a los menos jóvenes también. Lo acogí, por supuesto, pero fue el mayor golpe que me dio la vida. Noté que fumaba porros, pero no fui capaz de descubrir la verdadera realidad hasta que una mañana, haciendo la cama, doblando y desdoblando sábanas como hacía en la lavandería industrial con el tío Juan, una jeringuilla cayó al suelo al mismo tiempo que mi corazón. Es verdad que mi hijo aparecía y desaparecía cuando le venía en gana, pero no fue hasta ese momento cuando comprendí su eterno silencio y la tristeza tan profunda en la que llevaba sumergido tanto tiempo.

Así es como el Niño Callado volvió a casa.

Con paciencia, mucha paciencia, la Dama de Hierro y el Hombre Bueno consiguieron llegar al fondo de la cuestión. La mancha que detectaron en el cerebro de este no era un traumatismo del accidente, sino un tumor. Hasta que le pusieron nombre, tardaron cinco años. Cinco largos años de pruebas, deambulando por pasillos de hospitales en los que el Hombre Bueno huía despavorido en cuanto le hablaban de quirófanos. Y así pasaba el tiempo, y dejaba que el tumor multiplicara su volumen.

La operación fue un éxito.

Le limpiaron todo lo que pudieron teniendo en cuenta que era muy joven y podían dañarle alguna zona principal.

Tras la operación hubo radioterapia y, con el tiempo, dos operaciones más.

El deterioro del Hombre Bueno aumentaba por días y su inseguridad crecía por segundos. Tenía miedo a tomar decisiones en el trabajo, algo en lo que nunca antes había vacilado. Perdió la empresa, la economía de la pareja cayó en picado y se vieron obligados a vender su casa y cambiar de lugar. Al Hombre Bueno le supuso un verdadero trauma, la casa para él era importante. Además, también vendieron el coche. La Dama de Hierro lo había conocido comiéndose el mundo y ahora el mundo lo devoraba a él.

Sufrió una profunda transformación física y mental, dejó de canalizar las emociones y comenzó a vivir conectado al miedo. Le creó tal inseguridad perder su imperio que veía fantasmas a su alrededor. Temeroso e inseguro por su cambio físico, comenzaron a formarse ideas absurdas en su cabeza, como la posibilidad de que mi abuela lo abandonara. Nunca sucedió tal cosa, es la condición de la Dama de Hierro; el Hombre Bueno no se merecía una traición de esa índole.

En justicia he de decir que también pasaron instantes mágicos.

Viajaron por los Picos de Europa, Marruecos e incluso Brasil. Sin olvidar ciudades de España. Mientras la salud se lo permitió, el uno fue la sombra del otro, siempre juntos, aunque acabaran de discutir un poco.

Al Hombre Bueno le gustaba cenar fuera cada noche; a mi abuela, no. Él se justificaba diciendo que quería estar con ella y poder charlar tranquilos. Al final no era más que otra forma de acaparar su atención, un síntoma más de su enfermedad y baja autoestima.

En 1984 nació el Petirrojo, el único hijo biológico del Hombre Bueno y el último de la Dama de Hierro. Mi tío el pequeño, al que terminaré tirando la Play por la ventana, ¿recuerdas? Les dio fuerzas para luchar.

El Petirrojo y el Hombre Bueno.

El cáncer invadía cada vez más su cabeza.

Nunca mencionó su nombre, lo ignoró por el miedo a saber.

Su meta era ganar tiempo, en una palabra: vivir. Vivir y beberse cada momento de la vida por lo que pudiera pasar.

Antes de que la Dama de Hierro lo llamara cáncer, realizó un peregrinaje por hospitales especializados, en busca de la persona idónea que empatizara con él y, de esta manera, quisiera volver a operarse.

Localicé a un doctor un tanto atípico, parecía más bien un locoplaya. Tocaba el saxofón y sus fotos en Nueva York decoraban su despacho. También tenía un póster colgado de la puerta de *Jesucristo Superstar*. Surrealista total.

Se peinaba y vestía un poco raro. Vamos, que era un cuadro de hombre. Eso sí, con las manos más mágicas que he conocido en mi vida después de las de mi padre. Él lo operó.

Previamente, habíamos conseguido un diagnóstico inconcluso, pero que al menos nos sirvió para controlar los temblores de su brazo izquierdo. Tenía dañada la zona epiléptica por la presión del tumor aún sin nombre. Controlaron los ataques, ninguno tan fuerte como el primero; la investigación siguió hasta llegar al célebre ASTROCITOMA, que fue el verdadero responsable de su final, después de tres operaciones y un tratamiento de radioterapia.

En el verano del 98 empeoró bastante.

Sabíamos que el tren llegaba a su destino.

Todo a mi alrededor era un caos.

El cáncer siguió la ruta marcada por sus propias células hasta el punto de dejarlo paralítico. Lo terrible es que se dio cuenta. Su boca no se cerraba y su cabeza caía hacia un lado...

¿Qué hacer cuando la vulgaridad es una virtud universal?

¿Hay algo más vulgar que la muerte?

—¿Cómo sucedió? —pregunté con tacto.

No me quité sus cadenas y siempre estarán en mí. El equipo de médicos del Hospital Puerta de Hierro, de común acuerdo conmigo, decidió operar por tercera vez a Rodolfo, aun sopesando los riesgos que suponía: podía quedar peor de lo que estaba e incluso morir.

Sabíamos que el tiempo se acortaba, así que me tocó hablar con él y darle a escoger entre seguir como estaba o entrar en el quirófano y asumir lo que pudiera suceder. Desde que enfermó, dejó la responsabilidad sobre mis hombros. Los médicos le daban como máximo seis meses de vida. Si se operaba, ganaría algo de calidad y recompondría un poco su dignidad. Ellos eran partidarios de entrar en quirófano. Después de valorar las dos opciones, optamos por la operación.

Estaba muy asustado, pero fue valiente. Traspasó las puertas del hospital y superó la prueba de esa intervención con nota y su cabeza volvió a estar erguida. Nunca recuperó la movilidad en las piernas, pero volvió a sentirse algo más persona. Lo dejaron en un centro de rehabilitación durante un mes y transcurrido ese tiempo lo llevé a casa. A los cuatro meses más o menos dijo adiós perdiendo lo que más le gustaba: la vida.

Fue ante todo un ser humano excepcional, portador de un alma grande, a quien debo el que estuviera siempre ahí con la mano tendida.

Las palabras nos conectan con el mundo exterior. Rodolfo había dejado de emitir sonidos, pero en el silencio quedarán tantos hechos que sigue unido a mí para siempre. Había consumido parte de los seis meses que la ciencia le daba de prórroga, el tiempo voló sin piedad al igual que el cáncer.

Los doctores lo habían derivado a cuidados paliativos a domicilio. Por sugerencia de los trabajadores que venían a casa, me puse en contacto con la AECC (Asociación Española Contra el Cáncer) para solicitar que lo visitaran y le dieran apoyo también, algo que hicieron una doctora y un psicólogo una vez por semana. Fueron de gran ayuda, me dieron tranquilidad y confianza hasta que él expiró.

Sabía cuál iba a ser el desenlace; imaginar el mañana sin él era otra cosa. El 4 de febrero de 1999, exactamente, dio un suspiro, aunque recordaba más a un ronquido, el último, y su corazón dejó de latir para siempre.

Su muerte me robó la felicidad, me derrumbé y me obligó a preguntarme qué era ser feliz exactamente.

Un filósofo dijo una vez que la felicidad es la ausencia de dolor; hoy pienso que estaba en lo cierto. El eje de la felicidad está en la salud y en la victoria.

El duelo fue como un dique seco. Nunca he sido de lágrima fácil, expresar mis sentimientos me ha resultado más que imposible, creo que tengo el lagrimal cerrado. Y dicen que las lágrimas limpian el alma. No sé si será cierto, pero me siento limpia y no lloro. Ante la adversidad me crezco, procuro no desfallecer y remonto el vuelo. Soy fuerte y tengo un bagaje que me hace brava ante cualquier situación.

En el año 2000 soy yo quien acude a la AECC para colaborar como voluntaria. Habían realizado un trabajo tan profesional y efectivo que me habían hecho sentir en deuda y me incorporé después de unos años de formación. Es la mejor decisión que he podido tomar, una de las más acertadas de mi vida. Uno cree que ayuda a los demás pero no es cierto, son los demás, los enfermos, los que te ayudan a ti. Después de casi veinte años, no dejo de aprender a diario, el hospital ha sido una escuela para mí.

Se aprende a ser mejor persona, a valorar lo que tienes, a relativizar los problemas. Toda esa gente a la que visitas (muchos de ellos saben que después de la quinta planta, paliativos, no hay más) te dan una silenciosa lección de generosidad y humanidad.

Te dicen... gracias.

Sientes el cariño de los enfermos extenuados, a quienes la vida se les escapa. Los visitas, les hablas, cuando pueden te escuchan, y sientes cómo te cogen de la mano, te la aprietan a modo de agradecimiento, en su cara se percibe una sonrisa, un gesto que apenas pueden esbozar por falta de fuerza.

Al filo de la muerte es increíble lo que te dan, lo poco que reciben y lo mucho que te devuelven. No existe ningún ánimo de lucro por ninguna de las partes, lo único que hay es un bálsamo en forma de... amor.

la paz

De los 90 en adelante
Muere Diana de Gales, clonan a Dolly *y surge el DVD.*
Cae el muro de Berlín, la Unión Soviética es devastada
y desaparecen las niñas de
Alcàsser.
Estrenan Toy Story, *muere Kurt Cobain y los Juegos Olímpicos*
llegan a Barcelona.
Las radios de mi país son conquistadas por Amaral, Estopa y La
Oreja de Van Gogh.
Y termina la abuela.

29

La vida en rosa

```
Vivir para reírnos juntos
      de la muerte
```

Ya tengo nueva casa. Es grande, naranja y tiene terraza.

Huele a nuevo, a ventana abierta y a tortilla de patata.

Además, hay un jazmín que estoy regando mucho, aunque me está costando que no se muera. No se lleva bien con Bastian.

Así que me recuerda a mi abuela.

Le han diagnosticado cáncer y la van a operar.

Pero no te preocupes, querido lector, cada día estamos más cerca de la Biblioteca X, así que no se puede morir. Menos mal que no encontré la piedra filosofal ni nada, porque esto me gusta más. Tengo que contarle seriamente la idea del libro a mi abuela, porque estamos llegando al final. He pensado que podría tener tapa dura.

Ponerle un título sencillo. Y que sea rosa.

Quiero *mucho* lo de que sea rosa.

Igual se lo cuento cuando vaya a verla al hospital.

Es curioso, ¿no?

Un buen día vas a comer a casa de la abuela y te suelta lo del testamento.

Se te enciende la chispa y calculas el tiempo que te queda a su lado.

Descubres que medio año era mucho menos de lo que te imaginas y te tiras más de dos escribiendo un libro de martes a martes y algún que otro jueves, y ahora que estoy a punto de terminarlo le diagnostican cáncer y tienen que quitarle 21 centímetros de colon. Resulta que era la causa por la que había adelgazado 15 kilos.

La idea que tenía de este libro y este libro se parecen en lo esencial y se diferencian en lo importante. No ha quedado como me lo imaginaba, pero el resultado me gusta más de lo que creía. No ha sido sencillo darse la vuelta y mirar los ojos de la verdad de la vida de mi abuela. Al fin y al cabo, es mi persona favorita en este mundo y, por más que lo he intentado, no ha habido manera de entrar por las páginas de este libro para ayudarle. La pena es que haya sufrido tanto mientras yo no existía.

Yo creo que las mejores ideas nacen así, a lo tonto.

Un lápiz y un simple papel son suficientes para retenerlas una vez estalla la chispa, pero hay que saber construirla. Estoy contento con la manera en la que mi abuela no va a morir nunca.

Hay que ir pensando en una portada.

Hace no tanto, recopilé este montón de fotos que he esparcido a lo largo del libro en forma de sacarina para que la dureza de esta historia no nos obligara a morir en ella. En uno de esos álbumes que hay en cajas que guardan las partes de arriba de los armarios raros de una casa, encontré esto:

Es un recorte de mi abuela.

Se lo hizo un señor la penúltima vez que fue a París (recuerda, la última fue conmigo), con el Hombre Bueno. Me gusta porque es elegante como ella y respetable como su historia. Una seriedad que roza lo cursi. Solemne, distinta y alejada de las chicas jóvenes, tristes y bellas que adornan el noventa por ciento de las portadas de los libros en las estanterías.

Y un buen lugar desde donde empezar, lo tengo claro.

Conozco a la persona perfecta para esta portada.

Es la mujer con las manos más sensibles que he conocido en mi vida.

Sus ilustraciones siempre fueron mi debilidad, aunque también escribe, cuida de su hijo y vuela.

Busco algo como el recorte pero más realista.

Hay que llenarlo de luces flojas.

Como una de esas historias duras con un final abierto

que te deja pensativo pero satisfecho. Como la abuela, que siempre tuvo una mirada triste con la que me gustó jugar. Quiero llenarle los ojos de colores. Morder la crudeza, agitar, pintar a una vieja con la belleza de lo natural. Sin pieles más tersas que otras, ni más volumen en el pelo ni orejas más pequeñas.

Ya casi la tenemos.

La abuela por Idoia Montero.

Ahora hay que llenarla de rosa, que es el color que vence el cáncer.

Quiero barnizar a mi abuela de mitomanía, *La vie en rose*, porque aunque haya etapas de mierda y la Chica de Alambre, la Dama de Hierro y la abuela hayan pasado por una vida dura, son sus ojos los que dibujan el final, y ella es una mujer que siempre ha decidido contarla con coraje y sin arredrarse. Una vida que merece la pena contar. Por eso abrirán su estómago, la limpiarán y volverá a casa la abuela que me parió. Porque no morirá.

Y cuando lo haga, cuando corten mi raíz y la grieta de

mi pecho parta el mundo y tenga que cruzar al otro lado del río, me quedaré a dormir con ella, en la otra vida.

Cuando en vez de vestidos solo pueda colmarla de flores y su sentido del humor no venga a reírse de mi pena, abriré este libro.

Cuando la vida sea un juguete del que estoy aburrido y nada me entretenga más de veinte minutos o la noche someta el reloj a su cámara lenta, releeré este libro como si nunca se hubiera marchado...

Porque sigue viva.

Cuando ya no sea joven y tenga que doblegar mis manos por si alguien escucha la llamada, recordaré que estoy en este mundo para luchar hasta el final de mis tiempos —como tú hiciste con el tuyo, amor—, hasta que me canse y le diga a un hijo sobre un mantel rojo que he escrito mi testamento.

Cuando la voz de sus cuentos —no lo dudes, amor, los años contigo lo son— no acune mis noches, y el escudo de un libro no me proteja, y me convierta en un estigma de la literatura juvenil y el azul de mi nombre destiña, y el sexo de la música no me inhiba...

Serás un libro que respira.

Cuando el hombre que duerma en mi cama crea que me ha perdido —no dudes que me perderé, nadie tiene la culpa—, y viva doblando esquinas esperando tu nariz, y un lujo no valga dinero y lo imposible me haga frente, y haya perdido todos mis libros en la última mudanza...

Iré a buscarte a la Biblioteca X.

Porque sigues viva.

Por encima del cáncer, la muerte y la literatura.

29.2
La habitación 320

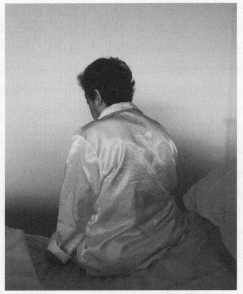

La abuela en el Hospital Puerta de Hierro.

Esta foto no es triste.

He llorado un poco, pero no es triste.

Amanece en la 320. La espada es devuelta a la roca y la abuela gana su última batalla con la vida a su favor y el sol bien puesto.

Además, en mi móvil suena *Je veux* en directo.

La vida es pleno directo.

Se han perdido 15 kilos y 21 centímetros de colon.

9, 8 y 6 días de una vida sencilla antes de ganar.

Después ganó, como siempre.

Tauro machaca a cáncer.

Esquiva la metástasis, pero comienza la quimioterapia mientras en París arde Notre Dame.

Lo último que le dieron fue el alta.

No solo estoy feliz porque es mi abuela, es mi madre y mi padre.

Estoy cantando y saltando y llorando un poco porque esta mujer se ha tirado los últimos 20 años de su vida luchando contra la misma enfermedad desde otros nombres, vías y camas.

Con una sonrisa sin ánimo de lucro.

Siempre pensando en que se gana la batalla.

Aunque a veces la espada no sea devuelta a la roca y no todas las mañanas amanezcan en la 320.

Hoy vence la vida.

El último martes

He descubierto que el lugar del que vengo
es el mismo sitio al que quiero llegar

Cojo el metro.

Subo a un autobús que me deja en el pueblo que me empujó a crecer.

Me encuentro con viejos amigos que me preguntan: «¿Qué tal lo de los libros?». Entro en una casa en la que canta Andrés Suárez por última vez en el interior de un radiocasete negro, justo al lado del microondas. Ponemos la mesa, un mantel a cuadros rojo y vasos de colores que poco tienen que ver unos con otros. Comemos gazpacho y melón con jamón. La abuela bebe el último sorbo de agua, que acompaña con una pastilla que arrasa sus células; las buenas, las malas y las regulares.

Ponemos Telecinco, merendamos café y pipas y tiro del chicle que sujeta entre los dientes, que no es más que su historia.

—¿Cómo podemos terminar la historia?

—¿Ya empiezas?

—No. Ya termino. Estamos a punto de terminar, de hecho. Me gustaría que fuera un libro de tapa dura.

—Ah. De tapa dura además.

—Sí.

—Pues muy bien, pero ponme bien, ¿eh?, que tengo una reputación que cuidar —dice entre risas.

—Todavía hay cosas que no sé cómo acaban...

—¿Como qué? —pregunta la abuela con la sonrisa que esconde una enfermedad.

—¿Qué pasó con todas esas personas que te ayudaron a lo largo del camino?

La mayoría murieron y otros serán ya tan mayores como yo. A decir verdad, me ha resultado muy complicado mantener el contacto con todas ellas, aunque les debo la vida. Sé que Marisa, la amiga que me traducía las cartas de Dedé, terminó en una gran empresa de publicidad, pero a Andrés le perdí la pista. Maite volvió para siempre a Francia con su familia, y a mí me gusta pensar que encontró todo lo que buscaba. El tío Juan y su mujer la Loca fallecieron. A Josefina y a su familia jamás volví a verlos. Mamá Concha murió y Mayita continúa viviendo en Canarias. Seguimos estando muy unidas. Al igual que con Jimena, que terminó pintando cuadros como este tan grande de aquí. Gracias a todas estas personas que cerraron círculo alrededor de mí, sobreviví. De Dedé nunca volví a saber nada, retales de un primer amor, hijo.

—¿Qué fue de la Mujer Fantasma?

Mi madre me pidió perdón. Olvidé contarte como una tarde noche, volviendo a casa del trabajo, se había llevado todas sus cosas abandonándome con el cuidado de las niñas. No dejó ni una nota. Años más tarde me llamó y retomamos la relación pues estaba ya en las últimas. Es cierto que entre ella y yo nunca hubo mucha química. Falleció a los ochenta y seis años de un problema cardíaco. Ni siquiera durante el duelo mi relación con ella mejoró. Mi pasado y todo el peso que tuvo ella en mis no decisiones contribuyó mucho, además de que estaba con el agua al cuello.

—¿Y mi abuelo?

He pasado de puntillas por la muerte del Puño Izquierdo del Diablo porque lo tengo arrinconado en algún estanco de mi cerebro. No lo quiero en mi vida ni en los álbumes de fotos, hace tiempo que en mi trastero emocional no hay sitio para él. Te dije que tras huir de La Isla no volví a verlo más y es verdad, pero sí escuché ese timbre de voz que tanto odiaba. Una noche, estando con mi marido, sonó el teléfono, lo cogí y al otro lado estaba el demonio. Tan solo escuchar su voz me paralizó, preguntó por mí y le dije que no estaba. Lo reconocí de la misma manera que él a mí. Me dijo que volvería a llamar.

Rodolfo vio mi exaltación y le conté quién era el autor de la llamada. Solo me dijo: «La próxima vez me lo pasas». Tardó unas semanas en volver a llamar, siempre le gustó jugar al despiste, pero lo hizo de nuevo. Le debió de resultar fácil conseguir los números a través de la guía de teléfono. Era astuto y se movía en aguas turbias con agilidad. Cuando escuché su voz, le pasé el teléfono directamente a mi marido. Este, con su voz personal bien modelada, le dijo: «Soy el marido y padre de las hijas de Carmen. Si vuelve usted a molestarnos o se acerca a las niñas, lo cojo del cuello y le quito las ganas de volver a llamar, se lo aseguro. ¡Buenas tardes!». Y colgó. El otro no articuló palabra alguna porque era un cobarde y, como tal, regresaría a su madriguera. Nunca más.

«Vendrá la muerte y tendrá tus ojos», te mirará y se parará...

Años después, me enteré por una amiga de que había muerto. Los últimos años vivió en casa de su hermano, imagino que la bebida lo llevó a que tuvieran que acogerlo. Fue un triste final, pero no sentí nada, Chris. Si acaso pena por el trágico desenlace que tuvo.

Fue una persona tocada con una varita mágica que solo congeniaba con el diablo que llevaba dentro. Tenían un pacto. A mí no me queda nada, ni siquiera una canción para recordarlo, excepto mis dos hijas. Por lo demás, ni un rescoldo.

—¿Y con el Niño Callado?

Bueno. Me gustaría recalcar algo. Ni un padre de sangre se habría portado como lo hizo Rodolfo con Luis. El Hombre Bueno calmaba mi desesperación. Yo no sabía cómo enfrentarme a la drogadicción de mi hijo, él me quitó la ansiedad con palabras: «Esto déjamelo a mí, verás como lo conseguimos».

Nunca pude agradecerle una mínima parte de lo que hizo.

Fue mi tabla de salvación. Ni siquiera su estado de salud consiguió que cambiara su forma de ser. En cambio, yo era un pañuelo arrastrado por el viento. Desbordada con todo.

Una mañana hicimos su maleta, desperté a mi hijo y lo metimos en el coche para ingresarlo en El Patriarca.

—¿Qué es El Patriarca?

—Una especie de Proyecto Hombre... —dice la abuela apenada.

Anduvo mucho tiempo por esos mundos oscuros tratando de rehabilitarse y sus esfuerzos obtuvieron su recompensa. Dejó la droga, se arrancó la sombra que enmudecía su boca y que no dejaba de ser una enfermedad.

Y volvió a casa.

Se recuperó y eso supuso para mí una gran tranquilidad.

—¿Y el Petirrojo?

Se adelantó unas semanas el parto, lo que no era de extrañar, debido al ritmo de vida en el que estaba sumergida. Fue un varón, contradiciendo todos los vaticinios del médico, que mantuvo que sería una niña hasta el final. Llegó al mundo un bebé de cabellos rojos, bueno como nadie, tranquilo hasta la desesperación. Tanto es así, que su carácter a día de hoy sigue igual, con treinta y cuatro años.

Nada lo afecta ni sobresalta en apariencia.

La familia fue creciendo en edad, que no en número, y nuestro hijo vivió toda la enfermedad de Rodolfo desde que nació hasta los catorce años, cuando perdió a su padre.

Creo que la imagen de un padre siempre enfermo no es un buen referente para un niño, pero aguantó como un campeón, colaboró siempre, sin un mal gesto.

Había mucha química entre ellos, tenían una relación de complicidad que ha contribuido a guardar un gran recuerdo de él.

—¿Qué hay de la Niña de Fuego?

Mi hija mayor se fue a Londres a vivir con su novio. Tenía unos veinte años y sabía que ese momento llegaría, no me pilló por sorpresa.

Con el tiempo, ese novio traicionaría su generosidad y se portaría como un canalla. Giraba y daba vueltas a mi alrededor todas las noches, algo le rondaba la cabeza, lo sabía y no me equivoqué. Se reunió con su padre antes de morir, pero nunca me ha contado de qué hablaron. En poco tiempo todos habían volado del nido. Nos quedamos solos Rodolfo, el Petirrojo y yo.

—¿Y Aica? —pregunto entre cáscaras de pipa.

El mismo día en el que cumplió los dieciocho años, en la cena de Nochevieja, montó un escándalo y nos dijo que se iba a vivir a Sevilla. Había conocido a alguien...

—A mi padre... —intuyo.

Eso es.

Se suponía que se iba a vivir allí, aunque sus idas y venidas también fueron constantes. Una tarde me llamó de manera inesperada y me dijo: «Mamá, te voy a hacer un regalo para toda la vida, te va a gustar, ni te lo imaginas...». Mi marido, que estaba a mi lado, empezó a hacer gestos con la mano y los ojos bien abiertos, como diciendo «Prepárate», a la vez que se reía. Le insistí para que me dijera cuál era su maravillosa sorpresa y, como no se decidía, se lo pregunté directamente: «¿No estarás embarazada?». Tardó en responder unos segundos antes de confirmarlo. Casi me caigo muerta mientras el payaso de mi marido se partía de risa.

Naturalmente, le dije que no tenía edad ni futuro con el padre de la criatura y blablablá, pero se salió con la suya. Aunque en todo su discurso hubo algo que fue absolutamente cierto: ha sido el mejor regalo que me ha dado, me ha colmado de orgullo y amor. El regalo vino envuelto en forma de toquilla, se llamó Christian y llegó el 24 de diciembre de 1994.

Desde que abrió los ojos al mundo, iluminó mi vida.

Llegaste al mundo en un momento hostil, de manera suave. Parecías un sultán paseando con tus fieles vasallos, Rodolfo y el Petirrojo. Manejabas las situaciones absurdas, eras dueño de la palabra y te reías de tu sombra a pesar de tus años. Tenías una risa fácil y contagiosa. Tan rápido eras feliz de la misma forma como te enfadabas con el mundo, a veces sin saber por qué. Tus emociones eran como un tobogán, subían y bajaban en cuestión de segundos. Eras un niño puñetero, las cosas como son.

Todo el día con Peter Pan para arriba y Peter Pan para abajo...

Eso no es muy relevante para el libro...

—Oye, tú estás obsesionado con lo del libro, te lo digo en serio...

—He guardado las últimas páginas, quiero que lo termines tú...

—¡¿Yo?!

—Sí, con un epílogo. Puedes hablar sobre lo que tú quieras, lo que te apetezca decir.

—Yo epílogos no escribo, ¿eh? A mí me das un capítulo.

—Vamos viendo.

—Encima que tengo que escribirle yo el final del librito, me deja para el epílogo; tócate las narices.

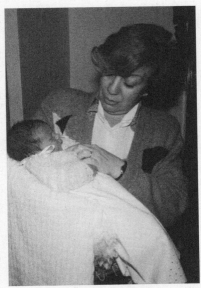

La Dama de Hierro y yo.

Epílogo

La soledad escogida

Hay dos cosas para mí muy importantes: el tiempo y el silencio.

El tiempo, porque inexorablemente nada ni nadie lo detiene y todo lo pone en su sitio.

El silencio, porque mi boca está cosida y los recuerdos no tienen la fuerza suficiente para romper las costuras. No hay oídos a los que hablar, ni ojos a los que mirar. No tienen un corazón al que llamar con los nudillos. El silencio, porque me enamora, me permite bucear en mi interior, meditar, recordar, pensar y soñar, y lo hago a menudo. Me ayuda a mitigar el dolor y a sacar al viento como una cometa lo mejor que he vivido, pues no todo ha sido malo; he tenido etapas estupendas, he amado y he sido muy amada.

En mi soledad escogida me he preguntado muchas veces por qué volví con el Cabezón. Sin duda, tomé muchas decisiones erróneas. Me equivoqué de lleno una y otra vez, lo reconozco, los hechos son los que son. En una pareja, los dos tienen responsabilidad; la mía, o quizá la que tuvo más consecuencias por mi parte, fue no admitir la realidad. Posiblemente, fruto de la educación de la época, donde todo se escondía bajo el felpudo de casa, bien tapadito, mientras la vida transcurría al otro lado del muro como si todo fuera paz y amor. Así fue mi educación, donde una familia no era una familia sin un hombre como patriarca, cabeza y administrador de la economía, lo que hacía aún más dependiente a la mujer. Aunque nos moviéramos en esta sociedad marital, algunas mujeres —como fue mi caso— no lo aceptamos, por eso toda sublevación llevaba consigo una pena o castigo. Crecimos con la idea de que separarnos o denunciar era una aberración que tenía consecuencias. Romper la convivencia ante situaciones de violencia significaba que eras una mala persona por separar a un hijo de su padre. Era mucho mejor permitir que tus hijos contemplaran los malos tratos en el domicilio familiar, los insultos, los empujones y un largo etcétera antes que abandonar tu casa.

El 2 de agosto de este año se cumplirán 47 años de la muerte del Cabezón en aquel terrible accidente de coche. Por eso el tiempo es tan importante para mí, porque cierra heridas del pasado. Ya no tengo rencor hacia nadie, aunque la historia es la que es, mi perspectiva ha cambiado. Sinceramente, creo que nuestros caminos se cruzaron porque el destino manda. No estábamos hechos el uno para el otro. Ni por educación ni por principios. Chocábamos como trenes de alta velocidad. Con los años, he aprendido a manejar todo lo que duele y a reconocer que «una retirada a tiempo es una victoria» y que la esencia de cada uno no cambia. Somos lo que somos.

Haciendo una retrospectiva sobre todo lo que ha sido mi pasado, me toca ahora responderme a mí misma por qué, después de una experiencia tan traumática, volví a tropezar y a caer de nuevo con el Puño Izquierdo del Diablo. ¿Quizá por la diferencia de edad? Me cautivó, debo reconocerlo. ¿Qué pasó para que de pronto apareciera el alcohol y se interpusiera entre nosotros? Nunca he conseguido darme una respuesta convincente. Creo que tenía esa dependencia desde antes de conocerme, que logró esconderla y que esta salió cuando el Cabezón reapareció y empezaron a surgir los problemas. He llegado a la conclusión de que el miedo lo sobrepasó: dificultades en el trabajo, la lucha judicial para recuperar a mi hijo..., todo eso lo dominó y le hizo recaer en una adicción de la que probablemente nunca se había curado.

En ninguna de estas dos relaciones he podido perdonar que ambos utilizaran a mis hijos como arma arrojadiza para retenerme y alcanzar su objetivo. El resto, los golpes y el maltrato, he tenido que rescatarlo de mi memoria para construir esta historia; he de reconocer que, con el tiempo, aprendí y logré olvidar aquello que me hace daño.

Mi tercera y definitiva relación fue algo totalmente diferente. Había complicidad, había química, había admiración, pilar indispensable para que el amor permanezca. Viajamos mucho, me apoyó en cada instante, en los peores momentos, y no tengo para Rodolfo más que palabras de agradecimiento. Tenía un sentido del humor un tanto absurdo con el que conseguía hacerte la vida agradable. Ojo, que nadie piense que todo fue idílico, el camino de rosas tuvo sus espinas, pero mereció la pena y me dejó un hijo que tiene mucho de él, sobre todo un gran corazón.

Por último, y si sirve de algo, pues no me considero capacitada para dar consejos: uno aprende a levantarse de sus propias caídas, ponerse tiritas y cortar el sangrado; de nada sirve que te digan lo que tienes que hacer.

Me permito la licencia que me da ser una superviviente para decir que nunca consientas que te maltraten; no olvides que después del primer golpe vienen todos los demás. No calles jamás, actúa rápido, de ello depende tu vida.

Mantente firme, toma decisiones que se prolonguen en el tiempo y que te protejan. No hay nada que supere el lenguaje para entenderse, cuando se sustituye por los golpes pierdes el control de tu vida. Hace medio siglo no existían las órdenes de alejamiento, no había un ojo contra el maltratador, no había nada de nada que te amparase.

Seguro que quedan muchas preguntas en el aire, pero cuando te han dado zarpazos y lacerado la piel cuesta mucho hablar de ello. Uno pone un candado y oculta tantas cosas, como la vergüenza, que olvidas hablar de ellas.

Aun así, lo bueno ha compensado a todo lo malo y me siento contenta conmigo misma. He sido pionera en una época complicada, me he enfrentado a una sociedad que ensalzaba al hombre y desterraba a la mujer.

«Cuando la convivencia sea la ausencia de libertad, abre la puerta y vete.»

Solo me queda ver París
*   y después morir.*

LA ABUELA

Te quiero.

Mis pequeños agradecimientos

A ti abuela, por regalarme tu historia, enamorarte y zafarte de todo aquel que te puso una mano encima y sobrevivir para contarlo. Por acogerme, educarme y soltarme como a un hijo, si soy un hombre es por ti.

A Irene Lucas, editora, amiga y faro. Por comprender este trabajo como un seguro de vida, cuidarlo, soportarme, y ayudarme a mantener a mi abuela cerca con una prosa limpia y sencilla. A Idoia Montero, ilustradora, amiga y pincel. Por la delicadeza y el rigor de su trabajo en la portada y calidad humana. Lo mejor que he hecho en este libro ha sido rodearme de mujeres. A Dani por leer, aconsejarme y dejar su barba en mi hombro para cuando lo necesito. A Bastian y a Sergio por acompañarme en las horas, días y noches durante la escritura de este libro, demostrarme que el amor es algo sencillo y estar al lado y en el centro de mi corazón.

A mi prima Alejandra por justiciera y valiente. A mi hermano pequeño David por guapo y llorica. A Loreto por ser la prueba de que el amor todo lo vence. A Eneko por cantar lo que no me atrevía a decir. A mi querida Ana de La Ciudad Invisible, Ainhoa y toda la familia. Mención especial para mi amiga de la tierra Elvira y mi cuate Miranda. También a Ana María, Marina, Laura, Cristina, Pepe, Pablo, Andrea y Fran.

A Mónica, mi comecocos, por cuidar de mí los martes. A Belén por no marcharse y a Manu por volver de forma breve. A César por llevarme al fin del mundo. A Pepa por tus croquetas y porque te quiero. A las Chicas de Oro; Julita, Mara, Ingrid, María Jesús y Petri por querer tanto y tan bien a mi abuela. Mención especial para Josefina amiga hermana de mi abuela desde los quince años.

A Miriam por trabajar conmigo codo a codo, con mucho cariño y ayudarme a que el libro salga adelante. Y a Judith también. A Marta Bueno por atenderme siempre con amabilidad y empatía. Y a todo el equipo de Destino que me ha ayudado. A Luis y Miriam de Volver por arroparme con su talento. A David Olivas por aparecer en el último momento con la mejor flecha.

Pero sobre todo a ti, querido lector, por creer en mi locura entendiendo mi espacio. Ojalá esta historia os pellizque un poco. Siento la espera pero espero que mereciera la pena.

¿Sin duda alguna? Otra aventura emocionante.

Índice